한 국 인 의 웃 음 과 지 혜

한국인의 웃음과 지혜

Y談

초판 인쇄 2020년 2월 20일
초판 발행 2020년 2월 25일

이강래 엮음
홍철부 펴냄

펴낸곳 문지사
등록 제25100-2002-000038호
주소 서울특별시 은평구 갈현로 312
전화 02)386-8451/2
팩스 02)386-8453

ISBN 978-89-8308-552-8 (03810)

값 14,000원

개꿀야그

이강래 엮음

문지사

차례

야그 1

모기 부부의 사랑

모기 부부의 사랑

　　모기 부부가 사람의 피를 배불리 빨아먹고 단잠에 빠져 있었다. 그런데 시끄럽게 파리가 윙윙거리며 주위를 날아다니는 것이었다.

　　아내 모기가 남편 모기에게 말했다.

　　"여보! 우리도 인간들처럼 파리약 뿌리고 자는게 어때요?"

　　"암, 좋고말고……"

이제 내 인기를 알겠지

봄비가 촉촉이 내리는 밤이었다. 신혼부부가 침대에서 TV일일연속극을 보다가 결혼 전의 과거를 두고 티격태격했다.

남자가 먼저 불같이 화를 내며 아내에게 말했다.

"날 우습게 보지 말라고. 네가 나 외에 몇 남자를 만났는지 다 알고 있다구."

이에 격분한 아내가 남편의 말을 되받아쳤다.

"정말 치사한 인간이야. 남의 뒷조사까지 했어? 그래 네가 알고 있는 게 몇 명이야?"

약이 오른 남편은 손가락을 세면서 이렇게 대답했다.

"정확하게 다섯 명 아니야?"

그러자 아내는 콧방귀를 뀌면서 말했다.

"정말, 날 우습게 보는군. 적어도 한 다스는 넘었어. 이제 내 인기를 실감하겠지."

무식이 죄야

어떤 어머니가 아들을 군대에 보낸 후 걱정으로 나날을 보내고 있었다.

어느 날 군대 간 아들로부터 반가운 편지가 왔다. 그렇지만 까막눈인 어머니는 편지 내용을 알 길이 없어 글을 아는 사람을 찾아 시장으로 나갔다.

이때 어떤 점잖은 신사 한 사람이 지나가자, 그 어머니는 아들의 편지를 내밀면서 읽어 달라고 부탁했다. 그런데 그 신사는 편지를 한참 보더니 아무 말없이 눈물만 뚝뚝 흘리는 것이었다. 이에 어머니는 아들에게 무슨 변고가 있는 줄 알고 함께 울었다.

마침 이들 앞을 지나가던 방물장수도 함께 울기 시작했다.

한참 후 어머니는 신사에게 물었다.

"도대체 그 편지의 내용이 무엇입니까?"

"죄송합니다. 저도 그 편지 내용이 무엇인지 모릅니다."

"그럼, 왜 울었습니까?"

"글을 몰라 안타까워서 울었답니다. 그럼 아주머니께선 왜 우셨습니까?"

"난 아들에게 무슨 일이 있는 줄 알고 울었습니다. 그런데, 박물장수 아저씨는 왜 우셨어요?"

"나는 당신들 두 사람이 울고 있어 이곳이 우는 장소인 줄 알았습니다."

"에구. 무식이 죄야…."

슬픈 이야기

하나밖에 없는 아들이 조금 모자란 탓에 나이 30세가 되도록 장가를 보낼 수 없어 그 부모의 걱정이 태산 같았다.

보다 못해 정신병원에 입원시켰다.

얼마 후 병원으로부터 완치가 되었으니 데려가라는 연락이 왔다. 아버지가 허겁지겁 정신병원으로 달려가 보니 기다리던 의사가 말했다.

"아드님이 완치되었다는 것을 보여드리겠습니다."

의사 : 이제 다 나았으니 퇴원해서 장가도 가야지 않겠나?

아들 : 그러문요. 장가는 꼭 가야지요.

의사 : 장가는 어떻게 가는 거지?

아들 : 예식장에서 신부와 함께 주례 선생님이 하라는 대로 하면 되는 것이지요.

의사 : 그런 다음에?

아들 : 별걸 다 물어보시는군요. 당연히 신혼여행을 가서 첫날밤을 치뤄야죠.

의사 : 첫날밤에 무얼 하는데?

아들 : 호텔에서 함께 자면서 신부의 치마를 벗긴 다음, 속치마까지 벗기지요.

의사 : 그 다음에는?

아들 : 브래지어를 벗겨요.

의사 : 그 다음에는?

아들 : 그것을 어떻게 다 말해요.

의사 : 괜찮아, 여긴 간호사도 없고 남자 끼리니까, 말해 봐.

아들 : 음, 팬티도 벗겨야지요.

의사 : 그 다음에는?

아들 : 팬티에서 고무줄을 빼가지고 새총을 만들어 신부를 쏘아야지요.

의사 : ….

이건 나라시야

'야타' 한 번 당해 보길 소망하던 한 아가씨가 어느 날 혼자 길을 가다가 드디어 건수를 잡았다.

한 야타족이 걸려들었다.

"아가씨, 어디까지 가요?"

그녀는 잠시 빼는 척 하다가 차에 올라탔다.

"사실, 나 야타 한 번 당해 보는 게 소원이었어요."

그러자 그 야타족이 말했다.

"아가씨, 이건 나라시*야."

*나라시 : 불법 영업하는 일반 승용차.

어떤 망상

자신을 쥐새끼라고 여기던 사내가 정신병원에서 퇴원했다.

그런데 병원 출구에서 딱 버티고 선 채 나가려고 하지 않았다. 의사가 그 이유를 묻자,

"저기에 고양이가 있어요."

"하지만 환자는 이제 더 이상 쥐가 아니잖아요?"

"그렇지만 고양이는 모르지 않겠습니까?"

풀 뜯어 먹으려고!

한 아가씨가 엉덩이 쪽에 토끼가 그려져 있는 다소 비싼 팬티를 사 입은 첫날 기분 좋게 잠을 잤다.

그런데 아침에 일어나보니 토끼 그림이 앞쪽으로 와 있어 그 까닭이 너무 궁금한 나머지 팬티의 토끼에게 물어보았다.

"애, 넌 왜 앞에 와 있니?"

이에 토끼가 대답했다.

"풀 뜯어 먹으려고."

웬 5만 원?

부산 광안리에 각종 주류를 파는 카페가 있었는데, 그 카페의 단골 손님 중에 돈이 없어 항상 소주만 마시는 친구가 있었다.

그 날도 어김없이 소주 한 병을 마시자 기분이 좋아졌다. 어쩌면 좋은 건수 하나 올릴 수 있겠다는 막연한 마음으로 광안리 해변의 모래사장을 한가하게 거닐었다.

한참을 걷다가 모래사장에 누워 하늘을 올려다 보다 그만 잠이 들고 말았다. 그때 한 신사가 그곳을 지나다가 잠들어 있는 그 친구를 발견했다.

그 신사는 젊은이를 업고 광안리 비치호텔로 들어갔다.

다음날 아침, 그는 깜짝 놀랐다. 눈을 떠보니 호텔 방안에 자신이 누워 있는 게 아닌가. 이상하게 생각하며 일어나서 나오려는데 머리맡의 탁자에 5만 원이 놓여져 있었다.

'웬 5만 원?'

슬쩍 호주머니에 찔러넣고 나와서 곧장 단골 카페로 갔다.

"기분 째진다. 아저씨, 오늘은 소주 2병 주세요."

그렇게 소주 2병을 다 마시고는 다시 광안리에 가서 쓰러져 잠이 들었다. 그러자 어제의 그 신사가 다시 나타나서 그를 업고 호텔로 갔다.

다음날 아침, 그가 일어나 보니 어제와 마찬가지로 5만 원이 그 자리에 놓여 있었다.

그는 그 기묘한 상황을 알아보고자 다시 단골 카페에서 소주 2

병을 마셨다. 그는 이번엔 정신을 잃지 않겠다고 다짐을 하며 광안리로 갔다.

그러나 다짐과는 달리 또 다시 정신을 잃게 되었고, 다음날 아침 호텔방에서 정신을 차려보니 이번엔 10만 원 짜리 수표가 놓여 있었다.

'정말 골 때리네.'

그리고는 다시 단골 카페로 갔다.

"아저씨, 오늘은 패스포트 한 병 주세요."

"아니 손님, 오늘은 왜 소주를 안 마시고?"

"아이구, 말도 마세요, 요즘은 소주만 마시면 아침에 똥구멍이 아파요."

누가 그것까지 들랬어?

어느 여대생 기숙사에서 작은 축제 파티가 벌어졌다.

마침 그 곁을 지나가던 한 젊은 친구가 떠들썩한 방안에 호기심을 느끼고 창문 틈에 눈을 갖다댔다.

그런 줄은 꿈에도 모르는 여대생들은 술이 점점 취하자 기분 내키는 대로 옷을 전부 벗어 던지고 춤을 추었다.

숨어서 보고 있던 친구의 그것이 흥분한 나머지 바지 앞자락을 뚫고 나와 유리창을 깨고 말았다.

이에 놀란 여대생 하나가 재빨리 호신용 가스총으로 꺼내 들고 소리쳤다.

"손 들어!"

젊은이는 엉겁결에 손을 들었다. 그러자 그 여대생이 얼굴을 붉히며 하는 말,

"손만 들랬지, 누가 그것까지 들랬어?"

그게 다야?

결혼식 다음날, 회사의 같은 팀 박대리가 신혼여행에 가 있을 시간에 재수 없다는 낯빛으로 출근을 했다.

입사 동기인 김대리가 술을 한 잔 사며 물었다.

"웬일인가, 벌써 신혼여행에서 돌아왔어? 자네 안사람은 누구나가 선망하던 비서실의 꽃이 아니던가."

"그래서 신혼여행 떠날 때는 즐거웠지. 그런데 그날 신혼밤이 문제였어."

"혹시 자네 남성에 무슨 문제라도……?"

"그게 아니었네, 그 여자가 처음에는 '박대리님, 즐거워요. 이렇게 사랑받는 결혼을 하게 되어서……'라고 말하는 거야. 그러더니 조금 시간이 지나자, '정말 즐거워요, 이과장님……' 또 얼마 후에는 '너무 좋은 것 있죠, 오부장님……' 그리고 마침내는 '이제 그만…… 견딜 수 없어요! 역시 사장님이 최고예요!'라고 하는 거야!"

"그게 다야?"

"더 있다면 그 여자 배 위에서 졸도했을 거야."

잠자코 듣고 있던 김대리가 일그러진 얼굴빛으로 혼잣말 하듯 중얼거렸다.

"나는 별볼일 없었다 이거지……."

19

팩스가 언제 들어왔지?

우연히 학교 동창 셋이 사우나에서 만났는데, 그중 둘은 꽤나 잘 풀린 사람이었다. 나머지 한 명은 기가 죽어 그들에게 말도 못 붙이고 있었다.

그때 성공한 친구 중 한 명의 팔에서 '삑'하는 소리가 났다. 이 소리에 놀란 친구들이 까닭을 묻자, 그는 이렇게 대답했다.

"아, 이거? 별거 아니야. 삐삐칩을 피부에 이식했더니만…."

이 말이 끝나기가 무섭게 성공한 다른 친구의 손목에서 전화벨 소리가 울리자, 그는 누군가와 통화를 했다. 통화가 끝나자 그 친구는 이렇게 자랑했다.

"손목에 마이크로 칩을 이식시켜 휴대폰에 전화가 오면 손목으로 받거든."

기가 죽은 친구는 엄청난 열등감에 눈치만 살피다가 슬그머니 밖으로 나갔다가 들어왔는데, 그만 볼기짝 사이에 휴지가 끼워져 있는 걸 미처 몰랐다.

잘 나가는 친구들이 낄낄대면서 말했다.

"야, 일을 봤으면 뒤처리를 깨끗하게 해야지…."

그러자 그 친구는,

"어허! 팩스가 언제 들어왔지?"

주전객도

　돈도 많고 자비심 많은 한 상인이 가난한 사람들에게 정기적으로 돈을 보내주고 있었다.

　한편 그렇게 주는 돈을 한 번도 걸르지 않고 10만씩 받아가는 남자가 있었다.

　어느 날, 여느 때와 같이 돈을 받으러 오자 그 독지가의 비서가 웬일인지 5만 원밖에 주지 않았다.

　"잘못 주시는 것 아닙니까?"

　"오늘부터는 5만 원밖에 드리지 못합니다."

　"왜죠?"

　"실은 사장님의 따님이 결혼을 하거든요. 혼례 비용에 많은 돈이 들어가기 때문입니다."

　"그래요!"

　"그럼 사장님께 대신 물어봐주세요. 어째서 자기 딸을 결혼시키는데, 내 돈을 쓰는 이유가 뭔지를요."

만족해요

딸 셋을 모두 출가시킨 늙은 어머니가 너무 적적해 시집간 딸들에게 안부 편지를 보냈다. 그러자 큰딸은 '초이스'라는 커피를, 둘째딸은 '말보로' 담배를, 그리고 마지막으로 셋째딸은 '새마을호'라는 회답을 각각 보내 왔다.

늙은 어머니는 먼저 초이스 커피 뚜껑을 열어봤지만, 무슨 뜻린지 알 수가 없었다. 그런데 커피병 뚜껑을 닫으려고 하자, 거기에 'Taste good'이라는 글자가 눈에 띄어 그걸 보고 늙은 어머니는 큰딸 부부가 아주 재미있게 산다는 것을 알았다.

그 다음엔 둘째딸의 '말보로' 담배를 피워 봤다. 하지만 기침만 날 뿐 역시 그 뜻을 알 수 없었다. 그런데 담배갑을 자세히 살펴보니 'Long and strong'이라는 글귀가 적혀 있었다. 그것을 보고 노모는 '둘째딸 역시 잘 살고 있구나!'하고 안심했다.

이번에는 셋째딸의 회답 내용을 알아보기 위해 서울역으로 나갔다. 그런데 대합실에 들어서자 스피커에서 다음과 같은 안내 방송이 흘러나왔다.

"새마을호는 비가 오나 눈이 오나 매일 2회씩 정기적으로 운행하고 있습니다."

그제서야 이 늙은 어머니는 딸들이 모두 잘 살고 있다는 것을 알고 흐뭇해 하며 집으로 돌아왔다.

연필깎기 인형

정신병원에서 한 환자가 연필깎이를 가지고 인형 놀이를 하고 있었다.

"자장자장 우리 아기. 엄마가 재워줄테니 어서 자거라."

의사가 그 광경을 보고 환자의 곁으로 가 다정하게 말했다.

"그 아기 참, 예쁘네요. 몇 살이지요?"

환자는 의사를 쏘아보며 화를 벌컥 냈다.

"당신 혹시 돈 사람 아니오? 연필깎이의 나이를 물어요?"

"음⋯⋯."

의사가 돌아가자 환자는 연필깎이를 끌어안으며 작은 소리로 속삭였다.

"아기야, 널 탐내는 사람이 많지? 하지만 걱정할 것 없단다. 이 엄마가 널 연필깎이라고 말했단다. 잘 했지?"

그냥 누면 콧구멍으로 들어가요

아버지가 오줌을 누고 있는 아들에게 말했다.

"요즘 애들은 너무 허약하단 말이야. 아버지가 젊었을 때는 그렇게 오줌 줄기가 처지지 않았단다. 시원하게 뻗쳤지."

그러자 아들이 하는 말,

"누르지 않고 누면 콧구멍으로 들어가는데두요?"

착각한 희망 사항

어떤 사내가 시내버스를 타고 가는데, 마침 그 옆 맞은 편에 앉은 어여쁜 아가씨가 무릎에 강아지를 올려놓고 계속 쓰다듬고 뽀뽀를 하고 있었다.

이 광경을 바라보던 사내의 입에서 탄식이 절로 흘러나왔다.

"아, 내가 저 강아지였으면!"

이 소리를 들은 아가씨가 깔깔거리면서 이렇게 말했다.

"전 이 녀석을 중성화 수술을 시켜주려고 병원에 데려가는 거예요. 진짜 이 녀석이 부러워요?"

어떤 성추행

어떤 미모의 아가씨가 버스정류장에서 자신이 기다리던 버스가 도착했지만, 치마가 너무 꽉 조여서 버스를 탈 수 없었다.

할 수 없이 그녀는 치마 뒤쪽의 지퍼를 내렸으나 웬일인지 지퍼가 내려가지 않았다. 계속 시도했지만, 여전히 마찬가지였다.

마지막으로 한 번 더 지퍼를 내리려고 손을 뒤로 했는데, 다른 사람의 손이 만져졌다. 화가 난 그녀가 뒤를 돌아보자 멀쩡하게 생긴 남자였다.

"이봐요, 지금 무슨 수작을 하는 거예요?"

이 말을 들은 신사가 조용하게 말했다.

"이봐요, 아가씨. 그건 오히려 내가 할 말인데요. 아까부터 계속해서 내 바지 지퍼를 내리고 있는데, 그 진짜 이유가 뭐죠?"

교장 선생님의 과외수업

초등학교 3학년 아이가 수업을 마치고 귀가하려는데 운동장 한쪽 구석을 보니 자기네 개가 6학년 아이네 집 개랑 꼬리를 맞대고 있는 것이었다.

하지만 그게 도대체 뭘 하는 건지 알 수가 없었다. 그때 마침 교문 안으로 들어오는 교장 선생님을 붙잡고 물었다.

"교장 선생님. 지금 저 개들이 무얼하는 건가요?"

난감한 교장 선생님이 머뭇거리다가 대답했다.

"응, 지금 저 개들은 줄다리기를 하고 있는 거란다."

그러고는 서둘러 교장실로 갔다.

조금 후 6학년 아이가 교실 밖으로 나왔는데, 자기 집 개가 있는 것을 발견했다. 그런데 그 옆에서 3학년 아이가 구경하고 있었다.

"너 지금, 여기서 뭐하니?"

"응. 형아네 개랑 우리 개가 줄다리기를 하고 있는데, 내가 심판을 보고 있는 중이야!"

이에 6학년 아이가 퉁명스럽게 물었다.

"야. 바보야! 저게 니 눈엔 줄다리기로 보이냐?"

"방금 교장 선생님 가르쳐 주었는 걸."

이 말을 들은 6학년 아이는,

"저런 것도 모르는 선생이 교장이라니……."

그걸 좀 뽑아주세요

한 친구가 신혼여행에서 돌아온 다음날, 친구들이 모여 그의 행운을 축복했다. 차츰 술 기운이 돌기 시작하자 장난기가 심한 친구 하나가 입을 열었다.

"야, 약속대로 첫날밤 일을 자세히 보고해!"

"뭘 그래, 다 알면서."

"그 얘기 안 하면 오늘 술값은 네가 쏘는 거야."

친구들이 닦달하자, 그는 얼굴을 붉히며 실실 웃기만 했다.

"그렇게 실실 웃지 말고 빨리 말해."

"좋아. 얘기할게. …다음날 아침의 일인데."

"야, 누가 다음날 아침 얘길 듣쟀어? 첫날밤 얘기를 하라구!"

"글쎄 내 말 좀 들어봐. 다음날 아침에 말야, 집사람이 말하길 '저 화장실에 가야 하는데… 그걸 좀 빼주실 수 없겠어요?' 하더란 말이지."

늦잠이 죄

늦잠을 잔 바람에 남편이 출근을 서둘고 있었다. 막 문을 나서
더니 다시 집으로 되돌아오기를 몇 번씩 되풀이했다.

"여보, 내 시계!"

"여보, 내 지갑."

"여보, 내 핸드폰."

"여보, 내 가방."

"아참! 오늘이 무슨 요일이지?"

그러자 아내가 이렇게 말했다.

"일요일이에요."

거북이 커플

한 쌍의 거북이 커플이 러브호텔에 갔다.

얼마 후에 숫놈 거북이가 러브호텔에서 먼저 나왔다.

이를 본 아직 애인이 없는 친구 거북이가 왜 러브호텔에 혼자
들어갔다 나오냐고 물었다.

그러자 그 거북이가 대답했다.

"여친이 아직 일어나지 못해서 나 먼저 나왔어."

아버지의 훈계

어느 날 아들이 날마다 학교를 땡땡이 치고 놀러만 다니자, 아버지가 이에 대해 꾸짖었다.

"링컨 대통령이 너만할 때 뭘했는지 알아?"

"몰라요."

"쉴 틈 없이 공부하고 노력했어."

그러자 아들이 말했다.

"그 사람 나도 알아요. 아버지 나이 때 대통령을 했잖아요?"

"뭐야?"

치마 속에 아무 것도 안 입은 누나?

영자와 순자가 공동으로 투자하여 남자 고등학교 앞에 빵집을 내고 격일제로 가게를 보았다.

이상하게도 영자보다 훨씬 예쁜 순자가 가게를 보는 날은 매상이 보잘 것 없는 반면에 영자가 보는 날에는 남학생들이 몰려와 매상이 많이 오르는 것이었다.

순자는 영자보다 매출이 떨어진다는 것에 자존심이 상했다. 그래서 화장도 짙게 하고 옷도 신경 써서 입었다. 하지만 마찬가지 여전히 효과가 없었다.

그날도 순자는 파리를 날리며 가게에 앉아 있었다. 그런데 세탁소 개구쟁이 꼬마 녀석이 빵집 안을 기웃기웃하면서 순자에게 물었다.

"누나, 오늘은 치마 속에 아무것도 안 입은 누나가 나오는 날이 아니야?"

우리 집은 단층집

어떤 남자가 예정보다 빨리 출장에서 돌아와 문을 두드리자, 한참 후에 아내가 문을 열어주어 집안에 들어가게 되었다.

남편이 손을 씻으려고 욕실로 가려고 하니까, 아내는 당황하며 극구 말리는 것이었다.

"아니, 당신 왜 그러는데?"

남편은 아내의 말을 듣지 않고 문을 열었다. 그런데 처음 보는 젊은 친구가 웅크리고 앉아 있었다. 그 친구는 남편을 보자 조금도 당황하는 빛도 없이 침착한 어조로 말했다.

"죄송합니다. 실은 2층 아주머니와 가까이 지내는 사람입니다만, 오늘 느닷없이 남편되시는 분이 일찍 돌아와서 2층 창문을 통해 댁의 욕실로 피신해 온 것입니다. 죄송하지만 댁의 현관으로 나가게 해주십시오."

남편은 씽긋 웃으며 청년을 내보내주었다.

이윽고 한밤중이 되어 아내는 옆에서 코를 골며 자고 있었다. 아직 잠이 들지 않은 남편이 갑자기 벌떡 일어나 아내의 머리를 주먹으로 쳤다.

"당신, 미쳤어요?"

"이 여편내야. 생각해 보니 우리집은 단층집이거든."

별채

처음 자기 집을 장만한 사람이 친구를 집으로 불러 집안 곳곳을 보여주고 있는데, 친구가 마당에 있는 좀 크다 싶은 개집을 가리키면서 물었다.

"개집에 개가 없네?"

친구가 머리를 긁적이면서 말했다.

"저건 개집이 아니고, 내가 술 마시고 늦게 들어와 마누라가 문을 안 열어줄 때 쓰는 별채라네."

응급조치

어느 초등학교 체육시간에 선생님이 응급조치에 관해 열심히 설명하고 있었다.

"손가락이나 발가락에 상처가 나면 제일 먼저 피가 흐르는 동맥을 끈으로 졸라매어 피를 멈추게 해야 한다."

이때 선생님의 설명을 열심히 듣고 있던 한 아이가 손을 번쩍 들고 질문을 했다.

"선생님, 그러면 머리를 다쳐 피가 날 땐 목을 꽉 졸라야 합니까?"

복덕방

　팔려고 내놓은 집을 부동산 중개인과 매수자가 집을 돌아보고
있었다. 부동산 중개인은 입에 침을 튀기며 연신 그 집의 장점에
대해 말했다.

　마지막으로 뒷마당을 보여주며 대단히 쓸모가 많은 마당이라
며 칭찬을 늘어놓았다. 그 뒷마당에는 작은 창고도 하나 있었다.

　"이것 저것 집안 살림살이를 보관하기에도 좋고 아이들의 자
전거 두기에도 안성맞춤이지요. 보세요, 얼마나 널찍합니까?"

　그렇게 말하고 그 중개인이 창고문을 열어 젖히는 순간 창고에
서 쥐새끼 한 마리가 튀어나왔다.

　그런데 작은 쥐에 이어 커다란 쥐가 집을 보러온 사람 앞에서
펄쩍 뛰었다. 그 모습에 집 보러 온 사람이 깜짝 놀라자 중개인이
얼른 둘러댔다.

　"그리고 생각해 보세요. 댁의 고양이가 얼마나 좋아하겠습니
까!"

하느님의 판단

어떤 엄마가 아들을 나무랄 때면 이렇게 타일렀다.

"너 그러면 하느님이 좋아하지 않는다."

그러나 꼬마가 하는 짓이 걷잡을 수 없을 땐,

"너 그러면 하느님이 노하신다."

이런 충고가 아이에게 충분히 효과가 있었다.

그런데 어느 날 저녁, 꼬마 녀석이 막무가내로 식사 후 후식으로 나온 수박을 먹으려 하지 않았다.

그러자 아이의 어머니는 이렇게 말했다.

"이제 하느님이 노하실게다."

밤이 되어 아이가 제 방에 잠자러 들어간 후 엄청난 폭우가 쏟아지자, 어머니는 어린 아들이 하느님의 노여움에 그만 크게 놀랐을 것이라 생각한 나머지 아이를 달래주려 아이의 방으로 갔다.

하지만 뜻밖에 아이가 창가에서 폭우를 내다보고 있는 모습을 보고 저으기 놀랐다. 이런 엄마를 보고 아이가 말했다.

"엄마, 하느님 너무 오버하는 것 같아. 수박 좀 안 먹었다고 이렇게 난리를 피우잖아"

장례식의 '장'자를 어떻게 써요?

암 투병 중인 남편의 병상 옆에서 아내가 친척들에게 보낼 편지를 쓰고 있었다. 그 모습을 물끄러미 바라보던 남편이 말을 걸었다.

"여보, 가망 없겠지?"

"자기도 참! 그게 무슨 소리예요! 당신은 분명히 이겨낼 거예요."

"그…그래. 빨리 나아서 함께 여행도 가야지."

"그렇게 될 거예요."

남편의 물음에 대답한 아내는 계속해서 편지를 쓰다가 이렇게 말했다.

"저기… 장례식葬禮式의 '장'자를 한자로 어떻게 쓰지요?"

맹세할 수 있습니까?

　신록이 눈부신 언덕 위의 아담한 교회에서 결혼식이 거행되고 있었다.

　목사가 신부에게 물었다.

　"당신은 이 남자를 남편으로서 평생을 두고 사랑할 수가 있습니까?"

　"네!"

　"정말인가요?"

　"네!"

　"틀림없습니까?"

　"네!"

　"맹세할 수 있습니까?"

　참다 못한 신랑이 마침내 입을 열었다.

　"목사님! 왜 아내에게 그런 다짐을 되풀이하세요?"

　그러자 목사는 침통한 얼굴로 말했다.

　"실은 내가 이 여인을 사랑하기 때문입니다."

우월감

70세가 다 된 노인이 길에서 친구를 만나 인사말로 요즘 어떻게 지내고 있느냐고 근황을 물었다.

그러자 노인의 친구는 강간죄로 6개월간 감옥에 갔다 왔다고 했다.

"뭐, 강간죄? 아니, 자네 나이에 그랬다는 말인가? 난 또 그런 터무니없는 이야기는 처음일세."

"나 역시도 터무니없다고 생각하네,"

노인의 친구가 다시 말을 이었다.

"난 어찌나 우쭐댔던지 일부러 유죄가 되도록 떠벌렸지 뭔가!"

자네 부인 집에 계시나?

"아, 이빨이 아파 죽겠어. 뭐 좋은 약이 없을까?"

"그럼 내가 좋은 비법을 말해 줄까?"

"말 좀 해보게."

"어제 나도 이가 몹시 아팠다구. 집에 가서 이가 아파 죽겠다고 했더니 아내가 입을 맞추며 위로를 해주자, 그 아프던 이가 씻은 듯이 낫지를 않았겠나. 자네도 가서 한 번 시험해 보라구."

"그래? 나도 한 번 시도해 보지. 지금 자네 부인 집에 계시나?"

도둑의 초대

신접살림을 시작한 신혼부부에게 연극표 두 장이 우송되어왔다. 표를 보낸 사람은 신분을 밝히지 않았다.

젊은 부부는 이름을 밝히지 않은 그 사람의 호의에 충심으로 감사하면서 그 연극을 보러 갔다.

극장에서 돌아와 집에 와 보니 결혼 축하로 받은 선물들이 하나도 남김없이 없어졌다. 그리고 다음과 같은 쪽지가 있었다.

「연극은 재미있었습니까? - 표를 보낸 사람-」

약혼 축하 편지

　서울에서 직장을 다니고 있는 아들이 약혼했다는 소식을 들은 어머니가 축하의 편지를 썼다.

　「사랑하는 아들아! 참으로 반가운 소식에 고마운 마음이다. 너의 아버지와 나는 네가 훌륭한 여성과 결혼하기를 가장 큰 소원으로 바라고 있단다. 한 집안의 영광이며 가장 귀중한 하늘의 축복이란다. 아내는 남편의 성공을 뒷바라지 하는 내조자요, 조언자며 가정의 불행을 막는 협력자며, 일생의 동반자로 가장 사랑스런 존재란다.」

　그런데 그 편지 끝에는 다음과 같은 다른 필적의 글이 덧붙여졌다.

　「너의 어머니가 우표를 사러간 사이에 내가 따로 적는 추신이다. 사랑하는 내 아들아, 독신을 고수하라. 이 젊은 바보야, 너는 결혼이 얼마나 고통스러운지 모를 게다. 결혼은 인생의 무덤이라는 것을 명심하거라. 아버지로부터.」

출세의 명약

외근하다 회사에 돌아온 과장이 물었다.

"나 없는 사이 또 그 녀석이 술 마시고 발광했다면서?"

"네, 늘 하던 그대로 책상 위에 발을 얹고 아무에게나 함부로 욕지거리를 퍼붓고…… 그랬죠."

"그 녀석 술만 안 먹으면, 지금쯤 대리는 되었을텐데."

그러자 그 부하 직원은,

"그 친구 술만 마시면 바로 사장이 되는데요, 뭐."

새로운 취미

술, 담배, 여자 좋아하는 남자가 자기 친구에게 말했다.

"난 지금부터 새롭게 살 작정이야. 술도 끊고, 담배도 끊고. 게다가 여자도 멀리하기로 했네."

"그것 잘 생각했군."

"그 대신 새로운 취미가 한 가지 생겼다네."

"뭔가?"

"지금처럼 거짓말하는 재미를 가질걸세."

"뭐…?"

선교사와 호랑이

외국 선교사가 처음 낯선 한국에 와서 이 마을 저 마을을 두루 다니면서 서툰 한국말로 전도를 하고 다녔다.

밤이 으슥하여 산길을 가고 있는데, 백보 가량 뒤에서 호랑이가 두 눈에 불을 켜고 쫓아오는 것이었다. 선교사는 죽을 힘을 다해 도망쳤지만 역부족이었다.

선교사는 달아나던 걸음을 멈추고 무릎을 꿇고 하나님에게 마지막 기도를 드렸다.

"하나님, 호랑이에게 물려 죽더라도 천국에는 가게 해주시옵소서."

기도를 마치고 눈을 떴다. 그런데 놀랍게도 호랑이가 옆에 앉아 기도를 하고 있었다.

"너도 주님을 믿는 거냐?"

"응."

"지금 무얼 기도한 거냐?"

"응. 나에게 맛있는 고기를 주어 고맙다고."

야그 2

당신은 흔들었잖아!

변기통 낚시

정신병원에서 치료를 받고 있는 환자가 변기통에 낚싯대를 넣어 낚시를 하고 있었다. 이를 본 의사가 말했다.

"고기 좀 잡았습니까?"

그러자 환자는 퉁명스럽게 대꾸했다.

"선생님, 미쳤어요? 변기통에 무슨 물고기가 살아요? 나, 원참."

이 말을 들은 의사는 이 환자의 병이 나은 것 같아 흐뭇한 미소를 지으면서 돌아갔다. 환자는 뒤돌아가는 의사를 보면서 혼자 중얼거렸다.

"정말 누굴 호구로 아나. 내가 어떻게 찾은 기가막힌 포인트인데….."

땅부자

백만장자가 죽어 성대한 장례식을 거행하고 있었다.

그런데 장례식장 한구석에서 아주 큰 소리로 슬피 울고 있는 남자가 있었다.

장례식이 끝나고 유족들이 그 남자에게 물었다.

"혹시 고인과 어떤 관계인지요?"

남자는 고개를 옆으로 흔들며 한층 더 소리를 높여 울었다.

"우리가 모르는 친척 중 한 분인가요?"

그 말에 남자는 더욱더 크게 울면서 말했다.

"그렇지 않으니까 울고 있는거요."

당신은 흔들었잖아

산책하던 남녀가 나무 급한 나머지 길에서 오줌을 누다 경찰관에게 들켜 남자 3만 원, 여자 2만 원의 벌금이 부과되었다.

남자는 왜 자기가 더 내야 하는지를 따졌다.

그러자 경찰이 하는 말,

"당신은 흔들었잖아."

쥐와 고양이

어느 동물 모임에서 술을 진탕으로 마신 쥐가 고양이에게 주정을 부렸다.

"야, 고양이. 너, 잘 만났다. 오늘 나한테 혼 좀 나 볼래?"

기가 막힌 고양이가 웃으면서 쥐를 내려다보았다.

"취했군. 술 깬 뒤에 보자."

그러자 쥐가 대꾸를 했다.

"술 안 깨게 또 마실 거야. 또 마시면 돼,"

내가 그년하고 결혼했잖아!

결혼 전부터 질투심이 강한 아내와 결혼한 남편이 밤마다 애를 먹고 있었다.

"자기, 결혼 전에 사귀던 여자 있었지? 말해 봐, 얼른?"

"있었지."

"정말? 사랑하는 사이였어?"

"그럼. 뜨겁게 사랑했었지."

"두 사람이 뽀뽀도 했겠네?"

"당근이지."

열 받은 아내는 눈에 불을 커면서 계속해서 질문을 던졌다.

"지금도 그 여자를 사랑해?"

"물론이지. 내 첫사랑인데."

아내는 화가 머리 끝까지 올랐다.

"그렇다면 그 년하고 결혼하지. 왜, 나랑 했어!"

"난 지금도 그 년하고 결혼해서 잘 살고 있잖아."

바이킹 타는 것 같았어

좀 모자라는 아가씨가 결혼을 했다.

동창회에 나온 그녀에게 친구들이 조롱 삼아 남편과의 그 일에 대해 짓궂은 질문을 했다.

"어땠었니? 얘기 좀 해봐."

그녀는 고개를 푹 숙이고 기어드는 목소리로 겨우 말했다.

"그냥 뭐, 바이킹 타는 것 같았어."

순결 교육

학교 친구들과 MT를 가는 딸에게 어머니가 교육을 시켰다.

"만일 남자가 손목을 잡으면 어쩔테냐?"

"뿌리쳐야죠."

"그럼 네 몸을 더듬으려고 하면?"

"무조건 반항해야죠."

"옳지, 그래야지. 그럼 키스를 하려들면?"

"온몸으로 반항해야죠."

"아! 장하다, 내 딸. 그럼 옷을 벗기려들면?"

"엄마는 참… 그 정도까지 갔는데, 어떻게 더 버텨!"

이봐 줄 서!

바람둥이 아내와 살고 있는 남편이 있었다.

그는 아내의 불륜 현장을 잡기 위해 출장을 떠난다고 거짓말을
한 뒤 몰래 집에 돌아와 밤이 되길 기다렸다. 예상대로 아내는 불
륜을 저지르고 있었다.

화를 참지 못한 그는 집에 들어가기 위해 현관으로 달려갔다.
그런데 바로 그 때, 누군가 뒷덜미를 잡아채며 말했다.

"이봐 줄 서!"

콩 판 돈이야

갓 결혼한 신부가 틈만 나면 자신의 패물함을 보면서 행복한 웃음을 짓곤했다.

궁금증을 참지 못한 남편이 어느 날 물었다.

"도대체 매일 패물함을 보면서 웃는 까닭이 뭐야?"

이에 아내는 패물함 속을 보여주었다. 거기에는 콩 세 알과 돈 3만 원이 들어있었다. 남편의 궁금증은 더 커졌다.

"이 콩은 뭐지?"

"사실은 내가 자기 만나기 전에 다른 남자와 한 번 할 때마다 하나씩 넣어둔 콩이야. 자기 이해하는 거지?"

"음, 그… 그럼, 이해해. 그런데 그 돈은 뭐지?"

"아, 이거… 콩 판 돈이야."

배멀미 약이에요

결혼식 하루 전날, 삼촌과 어린 조카가 얘기를 나누었다.

"삼촌, 신혼여행 가면 뭐해?"

"으응, 배 타."

"어떤 배?"

"노 젓는 배."

"재미있겠다. 나도 가서 함께 타면 안 돼?"

"안 돼. 일인용이야."

"그럼 아줌마는 뭐해?"

"밑에서 구경만 할 거야."

"왜?"

"무서워서. 하지만 조금 지나면 아줌마도 무서워 하지 않을 거야."

"많이 탈 거야?"

"응. 밤새도록."

"그러다 멀미하면?"

"삼촌은 배 타는 데는 도사라서 그럴 일이 없어."

"그래두…."

결혼식날 아침, 조카가 삼촌에게 작은 봉지를 건넸다.

"이게 뭐니?"

"멀미 약이야. 혹시 모르니까."

바로 거기에요

야간 침대열차 윗칸에 자리잡은 중년 남자가 잠 잘 준비를 하다가 그만 가발을 아래칸 침대로 떨어뜨렸다. 아래칸 침대에는 욕심스럽게 생긴 아주머니가 잠에 빠져 있었다.

남자는 팔을 뻗어 아래칸 침대를 여기 저기 더듬어가며 가발을 찾았다.

한참 찾고 있는데, 아래칸 아주머니의 목소리가 들려왔다.

"맞아요! 바로 거기에요."

겁을 잔뜩 먹은 남자는 손으로 확인해 본 후 말했다.

"아닙니다, 아주머니. 제 것은 가운데 가르마가 없거든요."

첫 남자

신혼 첫날밤, 막 일을 끝낸 부부가 사랑의 대화를 나누었다.

"자기야, 지금 솔직히 말해 봐. 내가 자기의 첫 남자 맞아?"

"맞아, 맞다니까. 그런데 웃겨. 어째서 남자들은 하나같이 같은 걸 묻는지…."

그 과부가 10억 유산을 내게 주었어

두 친구가 시골길을 달리다가 차가 고장 나는 바람에 멈추고 말았다.

밤 늦은 시간이라 갈 곳이 없는 이들은 마침 가까운 곳에 있는 집을 찾아가 문을 두드렸다. 한참 후에 문이 열리고 중년의 과부가 나왔다.

"아주머니, 차가 고장나서 그러는데, 하룻밤만 묵을 수 없을까요?"

다음날 이들은 아침 일찍 견인차와 함께 집으로 돌아간 몇 달 후였다. 그중 한 친구가 자신이 받은 편지를 들고 함께 사고를 당했던 친구에게 가서 물었다.

"야, 너 혹시 그날 밤 그 과부와 무슨 일 있었니?"

"응, 끝내 줬어."

"혹시 그 과부에게 내 이름을 말한 적 있었어?"

"응. 너 그걸 어찌 알았어?"

"그 과부가 며칠 전에 죽었다는군. 그런데 죽기 전에 변호사를 통해 유서를 남겼는데, 나에게 유산으로 10억을 준다는 편지를 받아서 말이야."

죄인의 ×를 깨물어라

한 바보가 어찌어찌하여 고을 수령이 되었다. 다행스럽게도 부인이 매우 똑똑하여 무슨 일을 당했을 경우 일일이 물어서 해결하곤 하였다.

하지만 재판하는 일만은 그럴 수가 없었다. 하여 재판 때마다 자신이 앉은 자리에서 잘 보이는 곳에 부인을 앉혀 놓고 손짓을 통해 지시하는 대로 일을 처리하였다.

그러던 어느 날, 한 사람이 잡혀 왔는데, 도무지 어떻게 처리해야 할지 알 수가 없었다. 다급해진 수령은 부인이 앉아 있는 쪽을 곁눈질해 보았다. 그러자 부인이 손바닥을 밑으로 엎어 보이는 것이었다.

'아하! 엎어놓고 볼기를 치란 말이지.'

"그 놈을 형틀에 엎어놓고 매우 쳐라!"

사령들이 사정없이 볼기를 내려쳤다. 한참 그렇게 매질을 한 후 수령은 다시 부인쪽을 바라보았다. 그러자 부인이 그만 때리라는 뜻으로 손바닥을 위로 젖혔다.

바보 수령은 그 뜻을 모르고 사령들에게 명을 내렸다.

"그놈을 젖혀 놓아라!"

수령의 명대로 죄인을 똑바로 눕히니, 아랫도리가 벗겨진 죄인의 그것이 그대로 노출되었다.

그 모습을 본 수령 부인은 터져나오는 웃음을 억지로 참으려고 자신의 손가락을 깨물었다.

마침 그 모습을 수령이 보았다.

　부인의 다음 지시를 기다리던 수령은 부인의 지시가 다소 이상했지만, 그대로 명을 내렸다.

　"여봐라, 죄인의 ×를 깨물어라."

노크도 없이 들어오면 어떡해요!

　어느 해수욕장 탈의실.

　"어머나! 노크도 없이 들어오면 어떡해요?"

　예쁜 수영복 차림의 아가씨가 눈썹을 치켜세우며 관리인 영감에게 쏘아붙였다. 영감은 탈의실에서 사용한 수건을 수거하러 온 것이었다.

　"옷은 입고 있었으니 망정이지 어쩔 뻔 했어요?"

　그러자 영감은 무덤덤하게 말했다.

　"그럴 걱정 안 해도 돼요. 들어오기 전에 반드시 열쇠구멍으로 들여다보고 확인하니까."

꼬리 달린 쪽이 등 아니야?

타잔과 치타가 함께 목욕탕에 갔다. 타잔이 치타에게 등을 밀어 달라고 했다. 그러자 치타는 타잔의 가슴을 밀었다.

이에 타잔이,

"야, 가슴 말고 등을 밀라니까."

그래도 치타는 아랑곳없이 계속 가슴을 밀었다.

타잔이 다시 말했다.

"야, 등을 밀라고, 등을!"

그러자 치타가 볼멘 소리로 말했다.

"네 꼬리가 작긴 해도 아무튼 꼬리 달린 쪽이 등이잖아?"

화면이 안 보이는데

남편이 결혼하고 처음으로 아내의 생일 선물로 팬티 세트를 사다 주기로 마음을 먹고 백화점을 찾았다.

"아가씨, 부인용 팬티 좀 주세요."

"사이즈가 어떻게 돼요?"

"사이즈라, 그건 잘 모르겠고, 어쨌든 24인치 텔레비전 앞을 지나갈 때 화면을 거의 가리더군…."

밖에서 무슨 일 있었어요?

어느 목수가 공사장에서 열심히 일을 하고 집으로 돌아왔다. 그런데 옷을 벗고 손발도 씻기 전에 부인이 보챘다.

이에 남편은 푸념을 늘어놓았다.

"이놈의 세상, 너무 바쁘고 힘들어서 못 살겠어!"

"왜 그래요? 밖에서 무슨 일 있었어요?"

"밖은 무슨, 당신 때문이지. 하루종일 밖에서 못을 박고 들어온 사람한테 또 박아 달라고 하니 내가 무슨 무쇠라도 돼?"

이 말에 부인은,

"아이구, 그런 소리랑 하질 말아요. 당신은 내 신세에 비하면 양반이에요. 나는 하루 왼종일 빨래 빨고 밤이 되면 또 빨아야 하니, 나도 바쁜 몸이에요."

이건 김씨 꺼 아냐

수녀원에서 수녀를 뽑는 행사가 있었다.

지망생들이 구름같이 몰려들었지만, 마지막 시험 단계까지 남은 지망생은 겨우 한 명뿐이었다.

원장 수녀는 마지막으로 순결 테스트를 하기로 했다.

"이번에는 남자의 그것을 그려 오세요."

수녀 지망생은 여간 고민이 아니었다. 남자의 그것을 한 번도 본 적이 없기 때문이다.

마지막 문제에 속을 태우던 수녀 지망생은 고민 끝에 수녀원 옆 김씨를 찾아갔다.

"아저씨, 한 번만 보여주세요."

"뭐? 도대체 이 아가씨가…."

"전 꼭 수녀가 되야 한단 말이에요. 아저씨, 꼭 한 번만 보여주세요. 네?"

"음. 좋아. 하지만 빨리 봐야 해."

김씨는 엄청 빠른 속도로 바지를 내렸다가 올렸다.

지망생은 그 짧은 순간에 김씨의 그것을 그려 원장 수녀에게 갖다 주었다.

그러자 원장 수녀가 깜짝 놀라며 하는 말,

"이, 이거 김씨 거 아냐?"

검은 콘돔

친정 오빠의 장례식을 치르고 돌아와 소복을 벗고 있는데, 남편이 옆으로 다가와서 속삭였다.

"자기, 오늘 밤 굉장히 매력적이네."

그러면서 앞가슴에 손을 집어 넣으려고 하자, 여자가 눈살을 찌푸리며 말했다.

"그만하세요. 우리 친정 오빠가 죽었단 말이에요. 지금 그럴 기분이 아니예요."

그러나 남편은 자랑스러운 듯한 얼굴을 하며 말했다.

"난들 왜 그걸 모르겠어. 그래서 오늘 밤은 특별히 검은 색 콘돔을 쓸거야."

마찬가지다

지방의 돈 많은 노인이 서울 광화문 한복판에서 누더기를 걸친 채 길을 가고 있었다. 마침 이 부자 노인을 잘 아는 사람이 그 모습을 보고 말했다.

"소문난 부자이시면서 이게 무슨 꼴입니까?"

그러자 그 노인은 아무렇지도 않다는 듯이 대답했다.

"여보게, 서울 사람들이 내가 누군지 모를텐데 비단 옷을 입든 누더기를 입든 무슨 상관이겠나."

그 사람은 노인의 말에 깊은 감명을 받았다.

그로부터 얼마 뒤, 그 사람은 노인이 사는 지방에 출장을 갔다가 우연찮게 그 부자 노인을 만났는데, 여전히 누더기를 걸치고 있었다.

"아니, 여긴 어르신의 고향인데도 누더기를 걸치고 계십니까?"

그러자 노인은 이번에도 무덤덤하게 대답했다.

"내가 부자라는 걸 다 알고 있는 이 곳에서 구태여 티를 낼 필요가 어디 있겠나."

말 못 타니까 소를 탔지

갓을 쓰고 소를 타고 가는 사람에게 나그네가 물었다.
"여보시오. 이 마을에 주가酒家가 어디 있소?"
"주가周家는 없고, 박가 정가는 있소이다."
"그게 아니고 술집 말이오."
"술집은 당신 코 밑에 있잖소."
"여보시오. 그 쓴 것이 무엇인데, 그런 말대꾸를 한단 말이오?"
"쓴 것? 그야 곰 쓸개가 쓰지."
나그네는 화가 났다.
"이놈아, 네 대가리에 쓴 것 말이다."
"대가리가 쓴 건 가물 때 오이 대가리가 쓰지."
"예끼, 말 못할 녀석이로군."
"말 못 타니까 소를 탔지."

손놓고

두 남녀가 있었다.
그들은 누가 더 벽에 소변을 높이 보나 내기를 했다.
여자가 먼저 숙달된 경공술로 펄쩍 뛰면서 오줌발을 날렸다.
"하하핫!"
남자가 웃으면서 말했다.
"야! 겨우 60센티냐? 잘 봐."
남자가 가소로운 듯 그 걸 잡고 쏘려는 순간, 여자가 말했다.
"손은 놓아야지."

비결

세 쌍둥이를 낳은 부인에게 예비 엄마가 그 비결을 물었다. 이에 그 부인이 임신 전에 태교를 하면서 '아기 코끼리 삼형제'를 읽었다고 했다.

옆에서 이 말을 들을 예비 엄마의 남편은 기절을 하고 말았다.

왜냐하면, 아내가 읽은 책이 '알리바바와 40인의 도둑'이었기 때문이다.

미국 대통령이 되었겠지

클린턴과 그의 부인 힐러리가 함께 자동차로 시골길을 신나게 달리고 있었다.

얼마쯤 달렸을 때 기름이 떨어져 주유소에 들리게 되었다. 그런데 주유소 직원이 힐러리가 차에서 내리자, 그녀를 향해 갑자기 소리쳤다.

"와우! 힐러리 아냐? 나 모르겠어? 고등학교 때 파티에 함께 어울리곤 했잖아!"

그는 힐러리가 고등학교 다닐 때 사귀었던 남친이었다. 짧은 시간이었지만, 두 사람은 추억을 떠올리며 이런저런 얘기를 나누었다.

기름을 넣고 다시 시골길을 달리던 중 클린턴이 힐러리에게 말했다.

"당신, 나와 결혼한 게 얼마나 다행인지 알아야 해. 만약 저 친구와 결혼했다면, 미국 대통령 부인이 될 수 없었으니까"

힐러리는 클린턴의 말이 끝나기 무섭게 이렇게 답했다.

"글쎄…, 내가 저 친구와 결혼했다면 저 친구가 대통령이 되었겠지."

나도! 나도! 나도!

백설공주가 산에서 길을 잃고 헤매다가 일곱 난쟁이를 만나 그들이 사는 집에 가게 되었다.

"공주님! 피곤하실 텐데, 우선 목욕부터 하시죠. 그 동안 저희들은 밖에 나가 있겠습니다."

그런데 막상 밖으로 나오자, 그들 모두는 백설공주가 목욕하는 모습이 보고 싶었다. 그래서 줄줄이 무등을 타고, 한 명이 환풍구를 통해 본 걸 나머지 여섯 명에게 전달하기로 했다.

드디어 맨 위 첫째 난쟁이가 둘째 난쟁이에게 말했다.

"앉았다."

다시 밑으로 전달되었다.

"벗었다."

그렇게 맨 아래 난쟁이에게까지 전달되었다. 다시 백설공주가 일어서는 모습이 보이자, 맨 위에 있던 난쟁이가 말했다.

"섰다."

그러자 아래에 있던 여섯 난쟁이가 하는 말,

"나도-나도-나도!"

정자은행 몽땅 털리다

    은행털이가 밤에 은행에 숨어들었다. 그런데 은행에 돈은 없고 냉장고만 있었다.

    혹시나 하는 생각에 그는 냉장고를 열어 보았다. 냉장고에는 떠먹는 요구르트가 가득 있었다. 범행에 실패한 은행털이는 홧김에 그 요구르트를 배가 터지도록 실컷 떠 먹었다.

    다음날 아침 신문에 다음과 같은 제목의 기사가 실렸다.

    "정자은행 몽땅 털리다!"

봉지에 넣어주세요

'ㅇ' 받침을 발음 못하는 꼬마가 있었다.

어느 날 어머니가 아이에게 가게에 가서 꽁치를 사 오라고 했다.

가게에 간 아이가 생선가게 주인에게 말했다.

"꼬치 주세요."

생선가게 주인 아줌마가 말했다.

"애야, 그건 어묵가게에 가야지."

하고 일러주었다.

아이는 그 말을 듣고 집으로 돌아와 말했다.

"엄마, 꼬치가 없대요."

그러자 어머니는 아이에게 입 모양까지 해가며 열심히 ㅇ 발음하는 법을 가르쳐 주었다.

아이는 다시 생선가게에 갔다.

"아줌마 꽁치 한 마리 주시는데요, 들고 가기 좋게 꼭 ×(봉)지에 넣어주세요."

효과 만점

여자가 의사를 찾아와 자기 남편이 성욕을 전혀 느끼지 못한다고 했다. 의사는 알약을 처방해 주면서 매일 저녁 한 알씩 복용시키면 곧 좋아질거라고 했다.

다음날 그 여자가 다시 의사를 찾아왔다.

"남편에게 그 알약을 한 개 먹이고 효과를 기다려 보았어요. 그런데 아무 효과가 없지 뭐예요. 그러자 남편이 한 알을 더 먹더군요. 몇 분도 안 돼서 기운이 뻗치기 시작하자 식탁 위의 접시들을 한 손으로 쓸어 바닥으로 떨어뜨리고 나를 그 위에 눕히더라구요. 선생님, 그 이의 병이 고쳐졌어요. 하지만 이렇게 효과가 좋을 줄은 정말 몰랐어요."

의사가 입맛을 쩝쩝 다셨다.

"한 번에 한 알 이상 먹지 말라고 단단히 일렀어야 하는 건데. 제 잘못이니 접시 값은 제가 물어야겠네요."

"말씀은 고맙지만, 그러실 필요 없어요. 그 레스토랑에 다시 갈 일은 없을 테니까요."

바보들아! 고무제품은 다 없앴어

　　정신병원에서 3명의 환자가 탈출을 계획했다. 방법은 자전거를 타고 정문을 정면으로 돌파하는 것이었다.

　　하지만 병원을 다 뒤져도 신사용과 부인용 2대의 자전거 뿐이었다.

　　셋은 머리를 짜낸 끝에 자전거 새끼를 만들기로 하고 부인용 자전거 위에 신사용 자전거를 올려놓았다. 그리고는 천막으로 덮어 놓고 10개월이 될 때까지 기다렸다.

　　하지만 10개월 후에도 새끼 자전거는 태어나지 않았다.

　　실망한 셋은 정신병원에서 제일 연장자이면서 가장 똑똑한(?) 환자를 데리고 와 현장을 보여주었다.

　　심각한 표정으로 이리저리 살펴보던 그 똑똑한 환자가 신사용 자전거의 타이어를 가르켰다.

　　"이 바보들아! 고무제품은 다 없앴어야지."

약 오르지?

두 꼬마가 골목에서 싸움을 하고 있었다.

여자 아이가 인형을 가지고 놀리며 말했다.

"너, 이렇게 이쁜 인형 본 적 있어?"

이 말에 열 받은 녀석이 자신의 고추를 꺼내 보이며 말했다.

여자아이는 무언가를 찾는 듯이 자신의 몸을 이리저리 더듬었다. 그러더니 갑자기 엉엉 울면서 집으로 달려갔다.

그런데 조금 후 다시 온 그 여자아이, 생글생글 웃으며 치마를 번쩍 치켜 올리더니 이렇게 말했다.

"우리 엄마가 그러는데 이것만 있으면, 나중에 그런 고추 많이 가질 수 있대. 어때, 약 오르지?"

"…?"

복지 아파트

이름이 '복지 아파트'라는 낡은 아파트가 있었는데, 지난 태풍 때 '복'자 밑의 'ㄱ'자가 떨어져 나가서 그만 부르기 민망한 아파트가 되고 말았다.

그래서 주민들이 수차례 건의했는데도 관리소 직원은 웃기만 하고 시정해 주지 않는 것이었다.

어느 날 아파트 주부들이 행주치마에 돌을 담아 가지고 몰려와 농성을 벌였다.

"저놈의 간판을 떼어버려요."

위에서 아래로 씌어져 있는 간판을 향해 일제히 돌팔매질이 시작되었다. 그런데 주부들이 힘이 없는 탓에 맨 아래 글자인 '트'만 떨어져 나갔다.

이제 더 이상 이 아파트의 이름을 누구라도 입에 담기 힘들어졌다.

그때 집단 농성으로 하여 다친 사람을 수송하기 위해서 앰뷸런스가 달려오고 있었다.

"찌보, 찌보, 찌보……"

이어서 소방차까지 달려왔다.

"찌자, 찌자, 찌자……"

이때 집단 농성을 취재하기 위해서 방송국 헬기가 공중을 맴돌았다.

"바가, 바가, 바가……"

한 번에 2천 원씩 줍디다

남편이 실직하여 생활이 어려워지자 부부싸움이 잦아졌다.
어느 날 아내가 단호한 어조로 말했다.

"이제 어쩔 수 없네. 몸을 팔아서라도 생활비를 벌어야지."

"그 나이에? 그리고 그 얼굴에? 누가 자기를 돈 주고 사?"

"아무튼 오늘 못 들어와도 그런가 보다 해요."

다음날 아침. 아내가 10만 2천 원을 내놓았다. 돈을 보고 놀란
남편이 의아하다는 듯이 물었다.

"당신 대단한데! 그런데 10만 원은 그렇다 치고, 2천 원은 뭐
요?"

그러자 아내가 한숨을 푹 쉬며 대답했다.

"한 번에 2천 원이니까, 그렇지 뭐긴 뭐야!."

기도를 들어주셔서 감사합니다

목사와 집사가 각각 앵무새를 기르고 있었다.

그런데 목사네 앵무새는 말할 때마다 '기도합시다, 기도합시다.' 하는 반면에 이상하게도 집사네 앵무새는 '키스합시다, 키스합시다.'라고 하는 것이었다.

이를 이상하게 여긴 집사가 목사를 찾아가 이에 대해 설명했다. 그러자 목사는 두 마리 앵무새를 같이 놓아 두면 어떻겠냐고 말했다. 집사는 목사의 말에 동의하여 두 마리의 앵무새를 한 새장에서 같이 살게 했다.

그런데 여전히 집사의 앵무새는 '키스합시다, 키스합시다.'라고 하는데 목사의 앵무새는 달라졌다.

"제 기도를 들어주셔서 감사합니다."

아빠 조 까?

어느 늦은 오후에 영자 아버지가 마당에서 조를 까고 있었다. 영자가 학교에서 돌아와 아버지에게 물었다.

"아빠 조 까?"

"뭐라고?"

아버지의 말을 듣지 못했던 영자는 다시 물었다.

"아빠 조 까느냐구?"

아버지는 어린애가 못하는 소리가 없다며 화를 벌컥 냈다.

"아니, 이놈이 어디서 배워먹은 버르장머리야?"

그러자 영자는 깜짝 놀라서 다시 물었다.

"지금, 아빠 조 까고 있잖아?"

"아니! 이놈이 그래도!"

아버지는 영자를 사정없이 때렸다. 영자는 마당에 주저앉아 엉엉 울었다. 이때 부엌에서 일하던 어머니가 황급히 뛰어나오면서 말했다.

"아니, 당신은 조 까다 말고 왜 애를 때려요?"

안 떨어지고 붙어있구먼

어느 월요일, 서울 변두리에 있는 한 은행의 지점장이 어느 할머니를 기다리고 있었다.

그 할머니의 정체를 알 수 없었지만, 매주 월요일마다 꼬박꼬박 천만 원을 예금하러 오는 그 할머니가 누구보다 귀한 고객이었기 때문이다.

드디어 창구에 초라한 행색의 할머니가 모습을 나타냈다. 할머니는 어김없이 천만 원을 예금했다.

지점장은 할머니를 자기 방으로 정중히 모셔 차를 대접했다. 그리고는 넌지시 할머니에게 물었다.

"할머니는 대체 무슨 일을 하시길래 그렇게 돈이 많으시죠?"

할머니는 대답 대신 조용히 미소만 지었다.

"유산 상속을 아주 많이 받으셨나요?"

"아니오."

"그럼 장사를 하시나요?"

"아니오."

지점장이 계속 궁금해 하자, 할머니가 말을 이었다.

"난 내기를 해서 돈을 벌지요."

"내기요? 돈 걸고 하는 내기 말입니까?"

"그렇다우."

"무슨 내긴데요?"

"지점장도 나랑 내기 한 번 해볼라우?"

지점장은 할머니의 갑작스런 제의에 호기심은 더욱 키졌다.

"무슨 내용인지 들어보고 하면 안 될까요?"

할머니는 빙긋이 웃더니, 지점장 바지 속 물건이 약속한 시간에 떨어지나 안 떨어지나를 알아맞추는 거였다.

"제 그것이 흔적도 없이 떨어져 버린다구요?"

"글쎄, 그렇다우."

"설마…."

하지만 할머니는 틀림 없는 사실이니 알고 싶으면 천만 원을 걸라고 했다. 그리고는 다음 주 조용한 호텔방에서 만나 확인하자고 했다.

잠시 망설이던 지점장은 끝내 호기심을 못 이기고 내기를 승낙했다. 아무리 생각해도 그건 말이 안 되는 일이라 생각했기 때문이었다.

지점장은 그럴 리가 없다는 쪽에 걸었다.

그 날부터 지점장은 언제 있을지 모를 사고(?)에 철저한 보안 조치를 취했다. 직장인 은행도 휴직계를 내고 집안에 틀어박혀 팬티도 겹겹이 몇 장을 껴입는 등 철저히 대비를 하였다. 잠자리에서 아내가 유혹을 해도 불에라도 덴 듯 돌아누웠다.

내기에 이길 수 있다는 자신은 있었지만, 매주 꼬박꼬박 천만 원씩 예금하는 할머니고 보면 절대로 안심할 수만은 없는 노릇이었다.

드디어 약속 날. 몇 번이나 자신의 물건을 확인한 지점장은 곧장 호텔로 갔다. 할머니는 조금 늦게, 그런데 건장한 한 사내와 함께 나타났다.

별별 생각에 한편으로 불안하기도 했지만, 다행히 남자는 얌전히 있었다.

할머니가 먼저 말을 꺼냈다.

"지점장, 어디 한 번 만져봅시다. 그게 있나 없나."

"예!"

지점장은 자신있게 아랫도리를 내밀었다. 한참 지점장의 물건을 주물럭거리던 할머니가 말했다.

"음, 붙어 있구먼."

그리고 함께 온 남자를 보며 이렇게 말했다.

"봤지? 내가 지점장 물건을 마음대로 주물럭거리잖아. 당신, 나한테 졌으니까, 이천만 원 내놔!"

할머니를 따라 온 그 남자의 얼굴은 흙빛이 되어 있었다.

짐승만도 못하네요

어느 신문사의 선후배 남녀 기자가 취재차 지방에 갔다가 늦어서 여관방 신세를 지게 되었다. 두 사람은 숙박비를 아끼려고 한 방에서 자기로 했다.

남자는 윗쪽, 여자는 아랫쪽에 잠자리를 깔고 나서 여자가 요의 절반에 벼개를 놓아 경계를 그었다.

"이 선을 넘는 순간 선배는 짐승이 되는거예요!"

남자 기자는 밤새 그 선을 넘지 않았다.

아침이 되어 일어나니 후배 여기자가 심드렁하게 말했다.

"선배는 짐승만도 못하네요!"

업적

어느 시골 마을의 이야기. 이 동네에서는 장례식 때 고인의 살아 생전의 선업이나 훌륭했던 점을 조문객에게 발표하는 것이 관례였다.

그런데 어느 날, 그 마을에서 가장 악명이 높았던—도대체가 살아 있는 동안 잘한 일이라고는 하나도 없는—사람이 죽었다.

드디어 장례식이 다가왔다. 모든 마을 사람들은 그 사람이 살아 생전의 삶을 궁금해 하며 장례식에 모여들었다.

마침내 생전에 그 사람을 잘 아는 사람이 입을 열었다.

"고인은 항상 주위 사람들을 괴롭혔지만, 그가 아플 때는 사람들을 덜 괴롭혔습니다."

어떤 유혹

미아리에 있는 어느 어둡고 칙칙한 작은 골목. 짙은 화장을 한 아가씨가 웃으며 남자에게 다가왔다. 그녀는 남자의 손을 잡고 한 마디 말도 없이 어디론가 끌고 갔다.

그 여자가 데리고 간 곳은 하얀 침대가 있는 좁은 공간이었다. 그녀는 남자의 코트를 벗기고 살며시 침대에 눕혔다.

잠시 후, 남자는 그녀가 원하는 것을 주었다. 남자는 후회하지 않았다. 정신이 약간 몽롱해졌을 뿐 오히려 몸은 가벼웠다.

그녀는 남자에게 피곤하냐고 물었고, 그는 아무 말없이 다시 코트를 입고 밖으로 나가려 했다.

그때 그녀가 남자의 소매자락을 붙잡고 상냥하게 말했다.

"아저씨, 빵이랑 우유 가져 가세요."

여자가 남자를 데려간 곳은 바로 '헌혈의 집'이었다.

털구두를 신으셨군요!

신데렐라가 마법사의 힘으로 화려하게 차려 입었는데, 그만 마법이 잘못 걸려 짧은 미니 스커트에 유리구두를 신게 되었다.

드디어 왕자와 춤을 추게 되었는데, 유리구두에 빨간색 팬티가 비치는 것이었다.

이것을 본 왕자가 말했다.

"빨간색 구두가 너무나 아름답네요."

이 말을 들은 신데렐라는 너무나 창피해 화장실로 가서 다른 팬티로 갈아입고 돌아왔다.

잠시 후 춤을 추던 왕자가 웃으며 말했습니다.

"파란 구두도 너무 예쁘네요."

신데렐라는 다시 화장실로 가서 아예 팬티를 벗어버리고 왕자와 춤을 췄다.

또 한참 춤을 추던 왕자는 이렇게 말했다.

"음… 털구두까지 이렇게 이쁠 수가!"

수세미 가격 차이

4살짜리 아이가 처음으로 어머니와 목욕탕에 갔다.

아이는 엄마의 치부를 뚫어지게 쳐다보며 물었다.

"엄마, 이게 뭐야?"

"으응, 이건 수세미!"

"그럼 엄마, 그 수세미는 얼마야?"

"으응, 삼백 원이야."

일주일 후, 이번엔 아버지와 같이 목욕탕에 간 아이가 어머니에게 물어본 것과 똑같이 물었다.

아버지도 어머니와 같은 대답을 했다.

"그럼 아빠껀 얼마야?"

"오백 원이야."

"어? 아빠껀 엄마꺼보다 더 비싸네? 왜 비싸?"

"엄마 수세미는 찢어졌잖아. 그리고 아빠 수세미는 손잡이도 있고…."

"으응, 그래서 더 비싸구나!"

직접 넣어드리려고요

  임신이 안 되는 한 여자가 인공수정을 하려고 병원을 찾았다.
진료를 끝내자 바지를 벗은 의사의 모습을 보고 깜짝 놀랐다.
  "아니, 선생님. 이게 뭐하는 짓입니까?"
  하고 여자가 소리쳤다.
  "미안합니다, 실은 비치되어 있던 병원의 정액이 다 떨어졌거
든요. 해서 오늘은 부득이 직접 넣어드리려고요."

아버지 몫으로 한 병 더

박여사는 술을 먹지 않는다는 조건으로 맞아들인 사위가 딸과 사이좋게 지내는 모습을 보고 매우 흡족했다.

그러던 어느 날, 박여사가 딸과 함께 시장에 갔는데 뜻밖에도 딸이 사위를 위해 술을 사고 있었다. 깜짝 놀란 박여사가 딸에게 따지듯 물었다.

"네 남편은 술 한 방울도 못 마시는 사람이 아니냐?"

그러자 딸은 얼굴을 붉히며 말했습니다.

"지난번 직장 모임에서 그 이가 동료들의 성화에 못 이겨 소주 한 잔을 강제로 마시게 됐는데, 글쎄, 그날 밤 그 이가 불처럼 달아서 나를 뜨겁게 안아주더라고요."

이 말에 박여사는 고개를 끄덕이며,

"그래? 그러면 네 아버지 몫으로 한 병 더 사라."

야그 3

손님, 거기부터는 유료예요

치약까지 나오는 칫솔이라니!

산골 마을의 찢어지게 가난한 집에 살던 어린 여자아이가 초등학교를 졸업하자, 서울로 올라와 칫솔 공장에 들어갔다.

그렇게 열심히 일해 3년이 지나자 사장이 아끼는 최고의 모범 사원이 되었다.

그런데 어느 날, 돌연 아무 연락도 없이 결근을 했다. 그 사실을 안 사장은 공장장에게 급하게 지시를 했다.

"그 아가씨 3년 동안 결근 한 번 없었는데, 갑자기 연락도 없이 안 나오는 것을 보면 신변에 무슨 큰일이 생겼나? 공장장이 직접 그녀의 집에 가서 알아보는 게 좋겠어."

사장의 지시를 받은 공장장은 그녀의 자취방을 찾아갔다. 하지만 무슨 일이 있기는 커녕 그녀는 빨래를 하고 있었다.

"아니 너 어째서 회사를 결근한 거야?"

그러자 그녀는 걱정스런 얼굴로 말했다.

"공장장님, 저 칫솔 공장에 너무 오래 다녔나 봐요. 이젠 제 그곳까지 검은색 칫솔이 나는 거예요. 더는 무서워서 공장에 다닐 수 없어요."

그녀가 울상을 짓자, 공장장이 설명했다.

"이 딱한 아가씨야, 나이가 들면 남자나 여자나 할 것 없이 다 그렇게 되는 거야."

"그 말을 어떻게 믿어요."

공장장은 갖가지 말로 그게 아니란 걸 설득했다. 그러나 그녀는 막무가내였다. 공장장은 더는 방법이 없다고 결론을 내렸다. 그리고는 바지를 내려 자신의 그걸 보여주었다.

그러자 그녀는 신기하다는 표정으로 거기로 손을 가져 가며 말했다.

"어쩜! 공장장님 저보다 더 오래 칫솔 공장에 다녀서 칫솔대까지 생겼네요."

그러면서 한껏 발기한 공장장의 그것을 연신 주물렀다. 공장장은 끝내 참지 못하고 그만 허공에 냅다 사정을 했다. 그 광경을 본 그녀가 소리쳤다.

"어머! 칫솔에서 치약까지 나오네요!"

손님, 거기부터는 유료예요

〈원초적 본능〉이란 영화가 재미있다고 장안에 소문이 자자하여 그 영화를 보기 위해 한 사내가 상영관을 찾았다. 운 좋게도 마침 그의 옆자리에는 꽤나 괜찮은 아가씨가 앉아있었다.

영화를 보던 사내는 슬쩍 그녀의 손을 잡았다. 웬일인지 그녀는 뿌리치지 않았다.

조금 겁이 나긴 했지만 사내는 손에 힘을 주었다. 그런데도 이 아가씨는 가만히 있었다. 좀 더 자신감이 생긴 그는 이번에는 허리를 더듬었다. 그래도 여자는 조용히 있었다.

점점 간이 커진 사내는 손을 그녀의 스커트 속으로 집어넣었다. 그런데도 그녀는 몸을 한 번 움찔할 뿐이었다.

'옳지, 됐구나.'

쾌재를 부르며 힘껏 팬티 속으로 손을 집어넣으려는 순간, 아가씨가 사내의 귀에 나직하게 속삭였다.

"손님, 거기부터는 유료예요."

모유가 분유보다 해로운 이유

아기에게 모유를 먹이는 젊은 부부가 옆집에 사는 사내가 모유가 분유보다 훨씬 해롭다며, 아기에게 절대로 모유를 먹이지 말라고 충고했다.

이에 젊은 부부는 대번에 반박하고 나섰다.

"세계보건기구에서도 분명히 아기에게는 모유가 좋다고 했는데 무슨 소리야?"

그러자 그 친구가 말했다.

"자네 아들놈이 엄마 젖 빨 때마다 담배 냄새 난다고 하더라. 그런데도 모유가 아기에게 해롭지 않다는 거야?"

틀니

만찬회 연사로 초대 받은 어떤 사람이 바삐 서둘다가 그만 틀니를 빼놓은 채 갔다. 주빈석에 앉아 음식을 먹으려고 하던 그는 그제서야 틀니를 빼놓고 온 것을 알았다.

옆에 앉아 있는 손님이 이를 알고 말했다.

"염려할 것 없어요."

하고는 주머니에서 틀니를 하나 꺼내 주었다. 그 사람은 너무 고맙다고 인사를 했다. 그런데 끼워보니 헐거웠다. 이를 안 그 사람은 또 다른 틀니를 내주었다.

그러나 이번에는 너무 작아 꽉 끼었다. 가까스로 틀니를 뺀 후 작다고 했다. 그러자 그 사람은 또 다른 틀니 하나를 꺼내 주었다. 이번엔 꼭 맞았다. 그 사람은 맛있게 음식을 먹고 연설을 다 마친 후 틀니를 뽑아주며 정중하게 감사의 인사를 했다.

"덕분에 잘 먹었습니다. 이렇게 훌륭한 치과의사 선생님을 만나 참으로 다행입니다"

"저는 치과의사가 아니고 장의사입니다."

"그, 그럼 아까 그 틀니들이 다 죽은 사람들 거요?"

바나나 소동

한 사내가 퇴근길에 바나나를 사들고 지하철을 탔다. 그런데 초만원이라 바나나가 뭉그러지지 않게 하려고 양쪽 주머니에 하나씩 넣고 뒷주머니에 또 하나를 조심스럽게 넣었다.

하지만 이리 밀리고 저리 밀리다 보니 양쪽 주머니에 있는 바나나는 그만 으깨져버리고 뒷주머니의 바나나만이 무사했다. 사내는 그것마저 으깨질까봐 손으로 꼭 움켜쥐고 있었다.

얼마 후 뒤에서 바짝 서 있던 군인이 그 사내의 어깨를 툭툭 치며 다급하게 말했다.

"아저씨, 전 이제 내려야 되니까 그만 놓아주세요."

명절 때나 해야지

어느 순진한 청년이 남녀가 첫날밤에 치르는 일을 전혀 모른 채 결혼을 했다. 그런 탓에 1년이 지나도 아이가 생기지 않았다.

어느 날 시어머니가 며느리를 불러서 왜 아기 소식이 없냐며 다그쳤다. 이에 며느리가 사실대로 말했다.

걱정이 된 시어머니가 아들의 친구에게 그것을 가르쳐 주라고 간곡히 부탁했다.

친구가 가르친 덕분에 그 청년은 마침내 아내와 첫 관계를 가졌다. 하지만, 그 뿐이었다. 그 이후 두 번 다시 신부와 관계를 하지 않았다.

어느 날, 밤마다 남편의 눈치만 살피던 아내가 온갖 애교를 떨며 유혹했다. 그러자 그 친구는 아내에게 속삭이듯 말했다.

"자기야, 그 좋은 걸 지금 왜 해? 아꼈다가 명절 때 해야지."

치마 속의 지갑

한 여자가 영화관에서 지갑을 도둑맞고 경찰서에 갔다.

경찰 : 지갑은 어디에 넣어 두고 있었습니까?

여자 : 이 치마 안쪽 주머니예요.

경찰 : 그럼, 그 도둑은 치마 속으로 손을 넣고 훔쳐갔다는 말이군요.

여자 : 네, 그래요.

경찰 : 아니, 앉아 있으면서 치마 속으로 다른 사람의 손이 들어온 것을 몰랐습니까?

여자 : 아뇨. 알고는 있었지만… 글쎄, 지갑이 목적이라고는 생각지 못했거든요.

술고래

　술집 주인이 새벽 2시에 가게 문을 잠그고 잠자러 집으로 갔다. 잠자리에 든지 몇 분 지나지 않아 전화벨이 울렸다.

　"여보시오. 아침에 가게 문 여는 시간이 몇 시요?"

　취한 목소리가 분명했다.

　화가 치민 술집 주인은 수화기를 탁 내려놓고 다시 잠자리에 들었다. 잠시 후 전화벨이 또 울리더니 같은 목소리가 똑같은 질문을 했다.

　"이것 봐! 나에게 몇 시에 가게 문을 여느냐고 물어도 아무 소용이 없어. 당신처럼 고주망태가 된 사람은 가게에 들여놓지 않을 테니까!"

　"아니, 그럼 난 이 술집에서 어떻게 해야 나갈 수 있죠?!"

아무 말도 안 했는 뎁쇼

어느 고을의 사또가 사팔뜨기였다. 그 사또가 세 사람의 죄인을 동헌 뜰에 세워 놓고 차례대로 심문을 했다.

모들뜨기 사또가 맨 왼쪽의 죄인에게 물었다.

"네가 사는 곳이 어디냐?"

그러자 가운데 있는 죄인이 재빨리 대답했다.

"예, 소인은 강 건너에 살고 있습니다.

그러자 사또는 화를 내며 말했다.

"누가 너더러 대답하라더냐?"

그러자 이번에는 맨 오른쪽에 있는 죄인이 허리를 굽히며 대답했다.

"전 아무 말도 안 했는 뎁쇼."

비오니깐 더럽게 미끄럽네!

마을의 길가 바위에 언제부턴가 호랑이 한 마리가 위엄있게 앉아 있었다.

그런데 이 호랑이가 앉아 있는 바위 아래로 처녀가 지나가면 아래로 뛰어내려 '어흥!'하고 포효를 한 후에 "숫처녀"라고 말했다.

이런 까닭에 과거가 있는 여자들은 이 바위 밑을 지나가는 것을 꺼렸다.

아무튼 부슬비가 내리는 어느 날, 한 쌍의 신혼부부가 이 바위 밑을 지나게 되었다. 사실 그 신부는 신랑이 모르는 과거가 있었기에 바위를 피해 가고 싶었다. 하지만 그렇다고 안 지나갈 수 없었다.

'젊었을 때 한두 번 남자와 안 자본 년이 어딨어. 지나갈 때 우산으로 얼굴만 가리면 호랑이도도 모를거야.'

그렇게 생각하면서 막 그 바위 밑을 지나자, 호랑이가 '어흥!' 하며 바위 밑으로 뛰어내렸다. 신부는 기쁜 나머지 우산을 접으며 신랑에게 말했다.

"들었지? 여보."

그리고는 당당한 표정을 지었다. 그 순간 호랑이가 혼잣말하듯 말했다,

"에이, 비 때문인가? 바위가 더럽게 미끄럽네."

언제 형수의 그걸 보았지?

한글을 깨우치지 못한 한 아이가 있었다. 다행히 한글을 배운 형과 형수가 틈틈이 가르쳐준 덕택에 군대 갈쯤엔 편지 정도는 웬만큼 쓸 수 있게 되었다.

입대한 지 반년 만에 그 친구로부터 편지가 왔다.

형이 반갑게 편지를 뜯었다. 그런데 편지를 읽던 형의 얼굴이 일그러지기 시작했다.

'아니, 이놈이 언제 형수의 그걸 본거야?'

동생이 보낸 편지에는 이렇게 쓰여 있었다.

"식구들 모두 편안하신지요. 어느덧 어머니 ×(본)지도 새까맣고, 형수님 ×(본)지는 더더욱 새까맣고…."

봤지?

한 친구가 세상에 태어나서 처음으로 섹시한 삼각팬티를 선물로 받았다.

그 친구는 여친에게 자랑을 하고 싶어 보여줄 게 있다면서 여친을 자기 방으로 데리고 갔다.

그리고는 방안에서 바지를 재빠르게 내렸다 올리면서 말했다.

"아니, 뭐야? 너무 빠르니깐 안 보이잖아."

이에 그는 다시 한 번 바지를 내렸다가 올렸다.

"봤지?"

"아니, 못봤어. 도대체 뭘 보여주겠다는 거야?"

그는 여자친구에게 이번엔 제대로 보여주겠다며 한 번만 더 봐달라고 했다. 그리고는 바지를 빠르게 내렸다. 그런데 순간의 실수로 그만 팬티까지 내렸다.

"봤지?"

"응."

여친은 대답을 하면서 몹시 당황해 했다.

이런 여친을 보며 그 친구는 씨익 웃으며 말했다.

"나, 이런 거 집에 다섯 개나 더 있거든!"

하고 싶은 대로 해라

옛날에 신이 모든 동물을 만들고 나서 종족 유지에 필요한 수컷의 생식기를 달아주고 동물마다 평생 몇 번 하느냐를 정할 차례가 되었다.

신은 차례대로 동물들의 횟수를 정해 주었다. 이윽고 호랑이와 사람의 차례가 되었다.

"호랑아, 넌 다른 동물을 잡아먹고 살아야 하는데 자손이 많으면 다른 동물이 남아나지 않는다. 따라서 넌 평생 동안 한 번만 하거라!"

호랑이는 화가 났다. 그 좋은 걸 한 번만 하라니. 도저히 받아들일 수가 없었다. 호랑이는 급기야 신에게 덤벼들었다. 신은 이런 호랑이에게 겁을 먹고 도망을 쳤다.

이렇게 되니 신의 명령을 못 받은 사람은 황당할 수밖에 없었다. 도망 가는 신을 뒤쫓아가면서 물었다.

"하나님, 전 몇 번이나 할 수 있나요?"

도망 가기 바쁜 신이 말했다.

"니 하고 싶은 대로 해라."

똥이 다 차야 출발하지요

　망우리 시내버스 종점에서 새벽 출근을 하기 위해 한 친구가 버스에 올라타면서 투덜거렸다.

　"요즘도 이런 똥차가 있어!"

　그러자 버스 운전기사는 은근히 부아가 났다.

　꾹 참고 출발을 기다리고 있는데, 그 친구가 큰 소리로 재촉했습니다.

　"빨리 출발 안 합니까?"

　이에 운전기사가 태연하게 대답했다.

　"아직 똥이 다 차지 않아서요."

건망증

건망증이 아주 심한 사람이 다음 날 12시에 친구와 만나기로 약속하고 수첩에 기록해 두었다. 친구는 그의 건망증이 염려되어 다시 한 번 강조했다.

"내일 약속 잊지 말게나, 친구!"

그러자 그는 수첩을 꺼내 보고는,

"미안하네. 내일 12시에 약속 있어서 안 되겠네."

만두와 떡볶이

먼 옛날 만두와 떡볶이가 같은 마을에서 살고 있었다. 그런데 만두가 떡볶이보다 인기가 더 좋았다.

이에 질투가 난 떡볶이가 고심 끝에 만두를 죽이려고 마음을 먹었다. 하여 어느 컴컴한 밤 떡볶이는 만두를 찾아가 이쑤시개로 마구 찔러댔다. 그런데 왠걸, 그 다음날도 만두는 여전히 살아있었다. 놀란 표정을 하고 있는 떡볶이에게 만두가 말했다.

"떡볶이야, 이를 어쩌냐? 김밥이 밤사이에 죽었어."

노인의 밤일

한 늙은 노인이 갓 스무 살 먹은 처녀와 결혼을 하게 되었다. 결혼 전날 노인은 궁리 끝에 한의사를 찾아갔다.

"의사 선생, 내가 내일 젊은 처녀와 결혼하는데, 나이가 나이인지라 아내를 만족시킬 자신이 없소이다. 뭐 좋은 방법이 없겠소?"

"걱정 마십시오. 제가 필요한 약을 드리겠습니다. 필요할 때마다 이 약을 세 알씩 드십시오."

노인은 기쁨을 감추지 못했다.

"잠자리 하기 전이오, 아니면 끝난 뒤요?"

의사는 한약재를 섞으며 말했다.

"이 약은 잠자리를 대신 하는 약입니다."

개의 어느 부위인가요?

영국의 한 수녀가 미국 여행을 가게 되었다.

그 수녀는 미국 수녀의 안내를 받아 이곳 저곳을 관광하던 중 핫도그 자판대를 지나게 되었다.

미국 수녀가 제의했다.

"수녀님, 이거 하나씩 먹고 갈까요?"

"그게 뭔데요?"

"핫도그라는 건데 아주 맛있어요."

"아니예요. 전 안 먹을래요."

미국 수녀는 혼자서 맛있게 먹었다.

얼마 후에 영국 수녀가 물었다.

"저… 수녀님, 아까 그 핫도그 말인데요, 개(dog)의 어느 부위 예요?"

육십 세 된 딸은 없나요?

딸이 많은 노인에게 한 젊은이가 찾아와 장가를 들고 싶다고 했다. 청년의 말에 노인은 기분이 좋았다.

"내게는 착한 딸이 여럿 있다네. 그래서 그 딸들을 위하여 재산을 모았지. 우선 순자는 스물다섯 살로 매우 영리하고 잘 생겼지. 그 애가 결혼하면 주려고 천만 원을 마련해 놓았다네. 또 영자는 서른 다섯밖에 되지 않았네. 그 애도 참 좋은 딸이지, 그 애를 위해서는 3천만 원을 준비해 두었고, 또 미자는 이제서야 마흔이라네. 그 애에게는 5천만 원을 준비해 두었다네……."

이 말을 듣고 있던 그 청년이 말했다.

"네, 혹시 오십이나 육십 넘는 딸은 없습니까?"

관 쓰면 글 아나

무식한 양반이 관을 쓰고 뜰안을 거닐고 있는데, 하인이 편지 한 장을 들고 오며 말했다.

"영감님, 이게 어디서 온 편지인지요?"

"난 글을 못 읽는다."

"아니 관을 쓰신 분이 글을 모른다니요?"

이에 양반은 관을 벗어 하인에게 주면서 말했다.

"그래? 어디, 네놈이 쓰고 읽어보려무나."

건망증

따뜻한 봄날 파고다 공원 벤치에 두 노인이 앉아서 이야기를 주고받고 있었다.

"이보게, 이번에 보청기를 새로 샀다네. 그런데 가격이 매우 비싼거야."

이 말을 들은 다른 노인이 부러워하면서 물었다.

"그래 얼마를 주었는가?"

노인은 자신의 손목시계를 보면서 대답했다.

"지금 12시라네."

장군멍군

굉장히 인색한 농장 주인이 있었다. 그는 일꾼이 밥을 먹기 위해 일손을 놓는 게 몹시 눈에 거슬렸다.

어느 날 아침 식사 후 그가 일꾼에게 말했다.

"여보게, 밭에서 일하다가 다시 들어와서 점심을 먹으려고 몸을 씻고, 밥을 먹고 하는 것이 귀찮지 않은가? 아예 점심까지 지금 미리 먹고 시간을 아끼는 것이 어떻겠나?"

일꾼이 그러자고 했다. 농장 주인의 아내가 햄, 소시지, 감자튀김 등을 가져왔고, 두 사람은 다시 식사를 했다.

점심을 다 먹고 나더니, 인색한 그 농장 주인이 이번에는 이렇게 말했다.

"여보게, 기왕 식탁에 앉은 김에 우리 저녁까지 미리 먹는 게 어떨까?"

이번에는 스테이크에다 삶은 감자와 야채무침이 나왔다. 일꾼은 그것도 먹어 치웠다.

"자, 이제 세 끼를 다 먹었으니 들에 나가 하루 종일 쉬지 않고 일만 하면 되겠네."

농장 주인의 말이 끝나자 일꾼이 말했다.

"아니요. 저는 저녁 먹은 후에는 어떠한 일도 하지 않습니다."

봉급 인상 반대

어느 교회에서 목사의 봉급을 월 3백만 원에서 백만 원을 올려 월 4백만 원으로 인상한다고 발표했다. 그러자 목사는 다음과 같은 이유로 자신의 봉급 인상안을 사양했다.

첫째 : 교인들의 형편으로 볼 때 현재 월 3백만 원도 힘에 겹습니다.

둘째 : 나의 설교 값어치가 월 4백에 미치지 못합니다.

셋째 : 사실 지금의 월 3백짜리 설교도 하기 힘드는데 4백짜리 설교를 하기엔 제 능력이 턱없이 부족합니다.

넷째 : 제 봉급은 제가 수금하는 것에서 지불되는 것인데, 현재 월 3백을 걷는 데도 엄청 힘이 부치는데, 4백을 걷는 일은 거의 불가능하기 때문입니다.

나그네와 사돈

한 나그네가 날이 저물어 인근 마을에 들어가 하룻밤 자고 가기를 청했다.

마침 그 나그네가 묵는 방에 또 다른 손님이 있었는데, 알고 보니 주인집 사돈이었다. 주인은 노골적으로 나그네는 괄시하고 사돈은 극진히 대접했다.

'한방에 묵는 사람을 이렇게 차별 대우를 하다니.'

나그네는 이런 주인을 괘씸하게 생각하며 어떻게 골탕을 먹이나 궁리를 했다.

때마침 푸짐하게 차린 저녁상이 들어왔다. 나그네는 그 밥상이 주인 사돈의 것인 줄 뻔히 알면서 불쑥 나섰다.

"난 먼 길을 온 나그네요. 시장기를 참을 수 없으니 먼저 먹겠소이다."

나그네는 주인 사돈되는 사람의 대답은 듣지도 않고 밥상을 제 앞으로 끌어다 허겁지겁 먹어치웠다.

나중에 나그네 몫의 밥상이 나왔다. 찬이라는 간장하고 새우젓 뿐이었다. 주인 사돈은 점잖은 체면에 싸울 수도 없어 잠자코 나그네의 밥상을 받았다.

이 사실을 안 주인은 부아가 치밀었다.

'내일 아침에는 순서를 바꿔야겠군.'

이튿날 아침, 주인은 간장과 새우젓 뿐인 나그네 밥상을 먼저 들여보냈다.

이를 눈치 챈 나그네는 주인 사돈에게 의젓하게 말했다.

"어제는 제가 너무 시장하여 염치 불구하고 먼저 먹었지만, 오늘은 선생께서 먼저 드시지요."

주인 사돈은 나그네의 뻔한 수작을 알면서도 체면 때문에 그 밥상을 먼저 받아먹었다. 그 다음 예정대로 잘 차린 밥상이 나왔다. 나그네는 제 차례라는 듯 얼른 일어나 맛있게 먹어치웠다.

주인은 화가 치밀어올랐다.

"이그, 이놈의 집 모두 헐어버리던지 해야지!"

하며 문기둥을 발로 찼다.

주인의 이런 행동을 지켜본 나그네는 잠자코 마당으로 나가 그 집 머슴을 불렀다.

"내게 도끼 좀 갖다 주게나."

이에 주인이 짜증 섞인 목소리로 물었다.

"도끼를 가져오라는 이유가 뭐요?"

나그네는 허리를 굽혀 공손하게 절을 하며 대답했다.

"제가 이 집에서 좋은 대접을 받았으니 어찌 그냥 갈 수 있습니까. 조금 전에 들자니 이 집을 헐어버리시겠다고 하기에 제가 거들까 합니다."

"뭐요?"

증인

한 사내가 성추행죄로 기소되어 법정에 섰다.

목격자는 열 살밖에 되지 않은 어린 소년이었다. 판사는 그 아이를 불러서 그때 목격했던 사실을 자세히 진술하게 했다.

"이 아저씨가 저 아주머니의 스커트를 머리 끝까지 걷어 올렸어요. 그러더니 팬티를 벗기고 땅바닥에 넘어뜨리고 그 위에 올라탔어요."

"그래서 어떻게 했지?"

"그리고 엉덩이를 흔들기에 나는 저리 가라는 것이라고 생각하고 집으로 갔거든요. 그래서 그 다음은 몰라요."

거북이의 인내

옛날 어느 곳에 거북이 가족이 평화롭게 살고 있었다. 이 거북이 가족은 자신들이 뼈대있는 가문임을 늘 자랑스럽게 여겼다.

이 거북이 가족이 어느 날 나들이를 가기 위해 길을 떠났다.

그들은 사흘을 꼬박 걸어 목적지에 도착했다. 모두들 목이 말라 서둘러 배낭에서 마실 것을 꺼냈다.

아버지 거북이가 사이다 병을 만지작거리며 말했다.

"허허, 서두르는 바람에 병따개를 안 가져왔네."

그러자 아들 거북이가 말했다.

"이빨로 따면 되잖아요."

그러자 엄마 거북이 손을 휘휘 내저었다.

"무슨 얘기냐. 우리 같이 뼈대있는 집안이 이빨로 병을 딴다니! 그런 건 천한 거북이나 하는 거다."

"그럼 어떻게 하죠? 근처에 샘도 없는데."

아버지 거북이가 말했다.

"아냐. 네 엄마 말이 옳아. 네가 집에 가서 병따개를 가져 오너라."

"아버지, 집에 다녀오자면 갈 때 사흘, 올 때 사흘 합해서 엿새나 걸리는데요?"

"그래도 할 수 없다. 그러기에 양반이 어려운 거란다."

아들 거북이는 하는 수 없이 집을 향해 출발을 했다.

아들 거북이가 집으로 간지 엿새가 지났다. 거북이 부부는 아들이 나타나기를 이제나 저제나 기다렸다. 그러나 엿새가 지나고 이레가 지나도록 아들은 나타나지 않았다.

"도중에 무슨 사고가 났나? 왔다면 벌써 나흘 전에 왔어야 하는데, 아직껏 소식이 없으니?"

"그나저나 목 말라 죽겠네."

그러자 아내 거북이가 미소를 지으면서 말했다.

"여보, 이러다 목 말라 죽겠어요. 어쩔 도리 없으니 이빨로 병을 따세요."

"하긴 체면 때문에 목 말라 죽을 수는 없으니까."

아버지 거북이가 병마개를 따기 위해 막 이빨로 깨무는 순간, 어디선가 아들 거북이 불쑥 나타나더니 말했다.

"내 이럴줄 알고 여기 숨어 기다리길 잘 했지."

인색한 아들

어떤 부인이 아들의 방을 청소하던 중 무심코 책상 서랍을 열었다가 깜짝 놀랐다. 노골적인 포르노 사진이 여러 장 들어있었던 것이다.

부인은 출근 준비를 하는 남편에게 그 사진을 내밀고는 짜증을 내며 말했다.

"이걸 봐요! 이것이 맹구의 서랍 속에 들어있었어요! 아직 열다섯밖에 안 된 녀석이 이런 거나 보고 있으니, 오늘 저녁엔 단단히 야단을 치세요!"

그는 그 사진을 한참 동안을 열심히 들여다보더니,

"알았어. 이런 걸 저 혼자만 봤다 이거지!"

수컷이 대체 뭐길래

어느 날 전깃줄에 참새 떼가 나란히 앉아 지저귀고 있었다. 이를 본 사냥꾼이 엽총을 겨누었다.

한쪽 눈을 감고 조준을 한 다음 첫발을 쏘았다.

"탕"하는 소리와 동시에 암컷 한 마리가 맞았다.

땅바닥에 떨어진 암컷 참새는 분에 못이겨 말했다.

"내가 미쳤지! 사냥꾼의 윙크에 넘어가다니…. 수컷이 대체 뭐길래!"

정직한 선생님

수업 중에 교실이 시끄러워지자, 반장이 한마디 했다.

"공부하기 싫은 놈들은 모두 교실 밖으로 나가!"

그러자 선생이 먼저 조용히 교실 문을 열고 밖으로 나갔다.

못난 녀석아

옛날에 한 어리석은 부자가 있었다.

어느 날, 아들이 당당한 얼굴로 아버지에게 문제를 냈다.

"아버지, 한양에 사람들이 많다는 거 아세요?"

"그걸 모르면 정말 천치 바보지, 넌 이제서 그걸 안 모양이구나?"

"그럼 한양에 사는 사람 수가 얼마나 되는지 아세요?"

"물론 알지. 너부터 먼저 말해 보거라. 제대로 알고 있는지 보자."

"모르긴 해도 한 2천 명은 되겠지요?"

아버지는 이런 아들이 한심하기 그지없었다.

"이 못난 녀석아, 한양 땅에 사는 사람이 겨우 2천 명밖에 안 된단 말이냐? 천오백 명도 넘거든!"

닭이 울지 않는 이유

한 농부가 장닭을 사간 그 이튿날, 다시 닭장사를 찾아와 따지고 들었다.

"여보시오. 이거 댁한테서 어제 산 장닭인데, 도대체가 울지를 않으니 도로 물러주시오."

닭 장사는 고개를 갸우뚱거리며 물었다.

"모이를 제때 주었습니까?"

"그거야 물론이지요. 아침, 점심, 저녁 한 번도 거르지 않았지요."

"그럼 닭장에 암탉이 있습니까?"

"그럼요."

"혹시 개가 근처를 얼씬거리지 않습니까?"

"그런 일은 있을 수 없지요. 제가 철저하게 지키니까요."

"그렇다면 그 장닭이 무엇이 아쉬워 울겠습니까? 울 이유가 없지요."

사또와 군졸

임진왜란 때 부하들에게 지독히 미움을 사고 있는 고을 수령이 있었다. 그런데 그가 왜구와 싸우다가 그만 강물에 빠져 거의 죽을 위기에 처했다.

이때 한 군졸이 급히 달려가 그를 구해 주었다.

군졸 덕분에 목숨을 건진 그는 그를 불러 물었다.

"자네 덕분에 내가 목숨을 건지게 되었네. 자네 소원이 무엇인가? 내가 뭐든 들어줄테니 말해 보게나."

군졸은 매우 난처한 얼굴을 하더니, 이윽고 조심스럽게 말했다.

"수령님, 저는 아무 것도 바라지 않습니다. 그저 소원이 있다면, 제가 수령님을 구했다는 이야기를 누구에게도 하지 말아주십시오. 그게 유일한 바람입니다."

사또는 모를 일이라는 듯 눈을 껌벅거리며 물었다.

"어인 까닭인고?"

"제가 사또님의 목숨을 구해 줬다는 사실을 다른 군졸들이 알게 되면, 그들이 저를 죽일 것입니다."

"뭐라고?"

123

야그 4

플러그를 끼우세요

그럼, 슈퍼는 누가 봐?

대형 슈퍼마켓을 하고 있는 어느 구두쇠가 몹쓸 병에 걸려 죽음 직전에 이르렀다. 온 가족이 임종의 자리에 모였다.

그 구두쇠가 말했다.

"여보, 마누라. 어디 있소?"

"영감, 저 여기 있어요. 흑흑흑."

"그럼, 첫째하고 둘째는 어디 있소?"

"예, 아버지. 저희들도 여기 있습니다."

"셋째하고 막내는?"

"아버지 저희들도 여기에 있습니다. 말씀하세요."

구두쇠는 두 눈을 번쩍 뜨면서 외쳤다.

"이런, 망할 놈들! 그럼, 슈퍼는 누가 봐!"

앞을 볼 수가 없어요

중년의 대머리 남자가 있었다. 그가 어느 날 사위를 찾아온 장모를 마중하러 나갔다. 그런데 공교롭게도 엄청난 소낙비가 쏟아져 골짜기에 넘쳐 흘렀다.

장모가 당황한 목소리로 외쳤다.

"이보게 사위, 내 허리까지 물이 차 올랐어. 어쩌면 좋아!"

이에 사위는 장모를 업고 골짜기를 건너려 했다. 그러나 물은 점점 불어나 사위의 배꼽 위까지 닿았다. 사위는 장모를 어깨 위로 올렸다. 더욱 불어난 물은 이제 사위의 어깨까지 닿았다. 장모는 외마디 비명을 질렀다.

"이를 어째! 속옷까지 다 젖었어."

사위는 장모를 자기 머리 위에 올려놓았다. 그런데 바로 그때 장모의 속옷이 찢어지면서 그만 장모의 그곳에 사위의 대머리가 쑤욱 들어가버리고 말았다.

장모는 갑자기 황홀해졌다.

"이 사람아, 아아! 너무 황홀해! 자네 도대체…."

"장모님, 뭐가 황홀하단 거예요! 난 아무 것도 안 보이는데요."

날지 못하는 새

아버지가 어린 아들과 함께 목욕탕에 갔다.

아들은 아버지의 그것을 보고

"아빠, 이게 뭐야?"

하고 물었다.

"응, 이건 새란다."

목욕을 끝내고 집에 돌아온 아버지는 낮잠을 잤다. 아들은 아버지의 바지를 벗기고 잠든 '새'를 흔들어 깨웠다.

"날아봐, 날아봐."

하지만 그 새는 날지 않았다. 아들은 화가 났다.

그 새의 모가지를 비틀고, 둥지를 라이터로 태운 다음 알까지 깨버렸다.

"으아아~악!"

아버지의 비명 소리가 온 동네에 울려퍼졌다.

변호사와 정육점 주인

정육점 주인이 변호사 사무실을 찾아 법률자문을 받았다.

"만약 개가 내 정육점에서 고기를 물고 갔다면, 그 개의 주인이 변상해 줄 의무가 있나요?"

변호사 : 그럼요. 변상해 주어야 합니다.

정육점 주인 : 알겠습니다. 댁의 개가 조금 전에 저의 정육점에서 고기를 한 덩어리 물고 갔습니다. 값으로 따지면 5천 원 어치가 될 겁니다.

변호사 : 그렇습니까? 그럼 2만 5천 원만 내고 가시면 됩니다.

정육점 주인 : 네?

변호사 : 상담 비용 3만 원에서 고기값을 제한 금액입니다.

받아봐야 알지

회복기에 접어든 정신병자가 병실에서 편지를 쓰고 있었다. 이를 본 의사가 편지의 내용이 몹시 궁금해서 환자에게 물었다.

"지금 누구한테 편지를 쓰는 겁니까?"

"나한테 쓰는 거요."

"무슨 내용이지요?"

그러자 환자가 발끈 화를 내며 말했다.

"바보 같은 질문이네요. 아직 받아보지도 않았는데, 그 내용을 어떻게 알아요!"

진찰료

동네 하나밖에 없는 구둣방에 한 의사가 수선할 장화 한 켤레를 가지고 왔다. 구둣방 주인은 도저히 고칠 수가 없다면서 5천 원을 내라고 했다.

"고치지도 않고 돈을 달라니요?"

"당신도 그랬잖아요. 전번에 내가 병원에 갔을 때 도저히 고칠 수가 없다면서 진찰비는 다 받았잖아요"

적십자 회비

산 속 외딴 오두막집에서 사는 사람들이 엄청난 폭설로 인해 생사의 갈림길에 놓였다.

헬기를 몰고 온 적십자 소속의 구조대원들이 몇 길이나 되는 눈 속을 뚫고 오두막에 당도해 문을 두들겼다. 오두막에서 한 사람이 나오자 구조대는 자신들의 신분을 밝혔다.

"적십자에서 나왔습니다."

그러자 오두막에서 나온 사람이 고개를 갸웃하며 말했다.

"적십자 회비 지난번에 분명히 냈는데요."

절약 비법

신혼의 단꿈에 젖어 있는 푼수 남편이 어느 날부터 노후를 걱정하기 시작했다. 고민과 고민을 거듭한 끝에 마침내 해결 방법을 생각해 냈다.

그것은 퇴근 후 집까지 걸어서 오는 일이었다. 그렇게 아낀 버스 요금을 저축하면 노후 걱정을 안 해도 된다는 생각이 들어서였다.

다음날부터 그는 버스를 따라 달리기를 하여 집에 도착하고는 아내에게 자랑스럽게 말했다.

"자기야, 나 오늘 버스 뒤를 따라 달려와 버스비를 안 썼어."

그의 아내는 한심한 표정을 지으며 말했다.

"자기는 왜 그렇게 머리가 둔한 거야. 택시 뒤를 따라 달렸으면 몇 배를 더 절약했을 거 아냐."

개밥

식당 주인의 꼬마 아들이 아버지에게 집에서 기르는 개의 밥을 만들어 달라고 했다. 이에 아버지가 말했다.

"식당에서 일부러 개밥을 만들 필요가 있겠니? 저기 앉아 식사를 하고 있는 손님이 먹다가 남기면 그게 곧 개밥이야."

아버지의 말을 들은 아들은 그 손님의 옆에 앉아 식사가 끝나기만을 기다렸다.

손님이 식사를 끝내고 나갔다. 아들은 기다렸다는 듯 손님이 먹었던 그릇을 보았다. 하지만 그릇에는 밥알 한 개도 남아 있지 않았다. 아들은 울상이 되어 아버지에게 말했다.

"아버지, 저 손님이 누렁이밥까지 다 먹어버렸어요."

끊은 것

"술 많이 먹으면 간이 나빠진다며?"
"이 사람아. 그걸 이제야 알았다는거야?"
"신문에서 매일 떠들어대더라고. 그래서 끊어버렸어."
"아니, 그 좋아하는 술을 드디어 끊었다고?"
"아니, 술이 아니고 신문을 끊었어."

부잣집 개

개를 산 한 남자가 그 개를 판 사람을 찾아와 화를 냈다.

"당신 정말 뻔뻔하네. 이런 똥개도 개라고 팔아먹는단 말이요? 어제 도둑이 책상 서랍에 넣어둔 3만 원을 훔쳐갔는데도 이 놈의 똥개가 한 번도 짖지 않았소!"

그러자 원래 개 주인이 말했다.

"이것 보세요, 이 개는 부잣집에서 살던 놈이에요. 그 정도의 푼돈에는 눈 하나 까딱 안 한다고요."

피장파장

어떤 부인이 담배를 피워 문 젊은이에게 다가가 꾸짖었다.

"이봐 청년, 담배 피는 것을 어머니도 알고 있어?"

그러자 젊은이가 대꾸를 했다.

"아줌마, 아줌마의 남편되시는 분은 아주머니가 이렇게 거리에서 낯선 청년에게 스스럼 없이 말을 건다는 사실을 알고 계시나요?"

낮과 밤

주부 A : 섹스는 낮과 밤 어느 쪽을 좋아하시나요?
주부 B : 그야 뭐, 단연 낮이 더 좋지요.
주부 A : 어머나 어째서지요?
주부 B : 밤에는 늘 남편이니까요.

경고판

한 농민이 대관령 주차장 옆의 초원에 소를 방목하고 있었다.

그러던 어느 날 여행자로 보이는 몇 사람이 차에 태워 데려온 개를 뛰어 놀라고 풀어 놓았다.

그 개는 풀을 뜯는 소들이 보이자 냅다 그쪽으로 달려갔다. 그런데 달려가다가 전기철조망에 닿자 비명을 지르며 숲속으로 사라져 버렸다.

개 주인은 한 시간 동안이나 기를 쓰고 추적한 끝에 가까스로 놀란 개를 붙잡아 자동차에 다시 태웠다. 그리고는 철조망에 왜 경고판을 붙이지 않았냐며 소를 기르는 농부에게 따졌다.

그러자 농부가 말했다.

"미안합니다. 글을 아는 개가 있을 줄은 몰랐거든요."

시어머니와 시아버지

중년의 부부가 시내를 걸어가다가 광고판을 든 남자와 마주쳤다. 그 광고판에는 '당신은 예수의 추종자인가, 아니면 악마의 추종자인가?'라는 문구가 적혀 있었다.

남편보다 약간 앞서 걷던 부인이 장난기어린 말로 남편을 뒤돌아보며 말했다.

"악마의 추종자라, 바로 당신을 두고 하는 말이네."

부인의 말에 남편이 말했다.

"맞네. 지금 내가 당신 뒤를 따라가고 있으니."

어쩔 수 없어

아버지가 아들의 못된 짓거리를 고치고자 때려도 보고 달래도 보았으나 끝내 아들의 나쁜 버릇을 고칠 수가 없었다.

"이놈아, 어쩌자고 그렇게 사느냐."

아버지는 이 말을 하면서 자신도 모르게 눈물을 뚝뚝 흘렸다. 그러자 그 못된 아들은 아버지의 머리를 쓰다듬으면서 나즉히 말했다.

"이깟걸 갖고 울어서야 이 힘든 세상을 어찌 살아가요."

비싸다

어떤 남자가 의사를 찾아 상담했다.

"어떻게 해야 할지 모르겠어요. 제 아내는 자기가 피아노라고 생각하고 있어요."

"그러시면 부인을 모시고 오세요. 진찰을 좀 해보지요."

"네, 하지만 피아노를 병원까지 싣고 오는 게 너무 힘들어서요."

바보

한 농사꾼 아들이 도시에 살던 신부를 맞았다. 신부는 미인에 똑똑하기까지 했다. 신혼여행을 마치고 집으로 돌아왔다.

하지만, 처음부터 며느리를 탐탁치 않게 여기던 시어머니가 아들을 불러 슬그머니 주의를 주었다.

"내가 보건데 새 아기는 상당히 똑똑한 것 같더라. 그러니 너도 우습게 보이지 않도록 해라."

어머니의 충고를 들은 아들은 싱긋 웃었다.

"걱정 마세요, 그 사람 보기와 달리 아무 것도 몰라요."

그리고는 덧붙여 말했다.

"첫날밤에 일을 치루려 하자 갑자기 베개를 허리 밑에 깔지 뭐에요. 그래서 내가 '베개는 머리에 베는 것'이라고 가르쳐 주었어요."

추녀의 대답

혼자 사는 못 생긴 노처녀 집에 도둑이 들었다. 낯선 인기척에 잠을 깬 그녀가 불을 켜자, 도둑이 칼을 들이대며 협박을 했다.

"조용히 해."

그녀는 잔뜩 겁먹은 소리로 물었다.

"설마, 내 몸에 손 대지는 않겠죠?"

도둑은 그 소리를 듣고 웃음을 터뜨렸다.

"내가 미쳤어? 술이라도 취했으면 몰라도 너같은 호박을 덮치지는 않아."

그러자 그녀가 재빨리 말했다.

"마시다 남은 좋은 양주가 있는데 마실래요?"

아내의 판단

너무 깔끔한 젊은 남자가 있었는데, 그는 늘 아내의 털털함에 불만이 컸다. 특히 아내가 찢어진 치마를 적당히 핀으로 꽂고 다니는 것만은 도저히 참을 수 없었다.

참다못한 그는 아내가 없는 틈에 찢어진 치마를 기워놓았다. 그리고는 귀가한 아내에게 기워놓은 치마를 보여주었다.

아내는 이에 감동하여 그에게 키스 세례를 퍼붓고는 잠시 후 헌옷 보따리를 들고 왔다.

"여보, 당신 일거리가 많이 있으니 두고두고 천천히 해요."

얼음 찜질

시어머니가 도시에서 갓 시집 온 새 며느리에게 장보기를 가르쳐 주기 위해 며느리를 데리고 시장에 갔다.

생선가게에서 생선을 둘러보고 있는데 며느리가 말했다.

"어머니, 저 생선은 사지 말아야겠어요."

"왜?"

"얼음찜질을 하는 걸로 보아 골병이 든 게 틀림없어요."

기를 수가 없어서

빚쟁이가 돈 꾸어간 사람의 집에 돈을 받으러 갔다. 마침 식사 중이었는데, 식탁에는 먹음직스러운 닭백숙이 올라 있었다.

빚쟁이가 말했다.

"이렇게 잘 먹고 사시는데 돈 좀 갚으시지요."

빚쟁이의 말에 돈 꾸어간 사람이 말했다.

"어떡하든 빌린 돈을 갚으려 하지만, 워낙 형편이 안 좋아 죽을 지경입니다."

이 말에 빚쟁이는 못마땅한 표정을 지으며 말했다.

"아니, 밥상에 닭고기가 오를 정도로 살면서 생활이 어렵다고 요? 이거야 원 기가 막혀서."

"모르는 말씀하지 마십시오. 닭 먹일 사료마저 다 떨어져 먹어 치우는 중이란 말이오."

아이큐 40의 대화

IQ가 모자라는 개구리 세 마리가 있었다. 이 개구리들의 IQ는 각각 20, 30, 40이었다. 어느 날 학교에서 시험을 본 세 마리의 개구리가 시험에 대해 얘기를 나눴다.

IQ 20 : 나 이번 시험에 백지 냈어.

IQ 30 : 나도 그랬는데, 혹시 선생님이 네 것을 컨닝했다고 하면 뭐라 그러지?

IQ 40 : 휴, 다행이다. 나도 사실 백지를 냈는데 이름을 안 썼거든.

미아 예방법

정부에서 미아 발생을 막기 위한 아이디어를 공모했다. 그러자 제일 먼저 들어온 아이디어,

"아이들은 반드시 집에 두고 다닙시다!'

천생연분

'천생연분'이란 말의 뜻이 '하늘이 맺어준 인연'이라는 것을 알게 된 딸이 그 말을 쓸 기회를 엿보고 있었다.

그러던 어느 날 식구가 다 함께 외식을 하게 되었다.

식당의 의자에 앉는 순간, 엄마가 다급하게 일어났다.

"어머나, 이 일을 어째? 깜박 잊고 다리미 코드를 꽂아둔 채 나왔네."

엄마가 안절부절 못하자 아버지가 느긋한 목소리로 말했다.

"여보, 조금도 걱정할 거 없어. 마침 나도 목욕탕 수도꼭지를 틀어놓은 채 나왔거든, 불이 난다 해도 바로 꺼지게 돼있다구."

아버지의 말이 끝나자 딸은 그럴 수 없이 행복한 표정을 지으며 말했다.

"우리 엄마 아빠는 천생연분이라니까!"

약사의 물건

서울에 온 두 미국인 남자가 경찰관을 상대로 불평을 털어놓았다. 그들은 막 약국에서 나온 길이었다.

"콘돔을 사고 싶었는데, 약국 주인이 영어를 전혀 할 줄 몰라요."

이에 경찰관이 물었다.

"그래서 어떻게 되었습니까?"

"그래서 몸짓으로 보일 수밖에 없었죠. 나는 지퍼를 내려 약사에게 내 것을 보인 다음 돈을 계산대 위에 올려 놓았어요. 그래도 무슨 뜻인지 모르는 것 같아 할 수 없이 이 친구도 같은 행동을 해 보였지요."

그렇게 말하며 친구를 가리켰다. 그러자 다른 미국인이 거들었다.

"저까지 그렇게 하자 그제서야 약사가 알았다는 듯 야릇하게 웃더니, 느닷없이 자기 지퍼를 내리는 거예요. 정말이지 그 약사 물건 한 번 엄청 크더라구요. 아무튼 그리고는 손으로 우리 둘에게 손가락으로 V자 사인을 해 보이면서 우리가 올려놓은 돈을 그대로 가져가지 뭡니까?"

요새 젊은 사람들

한 노부인이 요즘 젊은이들에 대한 불만을 털어놓았다.

"요새 젊은 애들은 도대체 교양이 없어! 저 여자 애가 입고 있는 옷 좀 봐! 남자 애들이 입는 청바지와 셔츠를 입었잖아. 그리고 머리는 또 저렇게 짧게 자르고…… 쯧쯧, 저래 가지고서야 어떻게 저 애가 여자라는 걸 알아본담!"

그러자 옆에서 누군가 대답을 했다.

"걱정 붙들어 매세요. 저 아이가 내 딸이라는 걸 나는 충분히 알아보니까요."

"아이구 미안해요. 댁이 저 애 아버지되시는군요."

"아니요. 난 저 애 엄마예요."

어떤 임신

세 명의 간호사가 새로 들어온 한 인턴을 골려준 걸 서로 자랑하듯 수다를 떨었다.

첫 번째 간호사가 말했다.

"난 그 사람 청진기에다 솜을 틀어넣고 또 그의 몇몇 환자의 차트 이름을 바꾸어 놓았어."

두 번째 간호사가 기다렸다는 듯 킬킬거리며 말했다.

"그 사람 책상 서랍에 콘돔이 한 갑이나 있더라구. 그래서 하나하나 모두 구멍을 뚫어 놓았지. 큭큭."

그 말이 끝나기 무섭게 세 번째 간호사는 얼굴빛이 흑색으로 변하면서 울 듯한 표정으로 말했다.

"그, 그럼… 나 어떡해?

살아도 못살아

실종되었던 어부가 혼수 상태로 구조되자, 그의 아내가 흐느끼며 말했다.

"여보, 당신 죽으면 난 못살아!"

그렇게 한동안 흐느끼고 정신을 차려 남편의 몸 상태를 살펴보니 남편의 아랫도리에 선혈이 낭자했다. 같이 구조된 다른 어부에게 그 까닭을 물어보니 구조되기 전에 남편의 그것이 상어에게 먹혔다고 했다.

어부의 아내는 다시금 엉엉 소리내어 울었다.

"아이고, 살아도 난 못살아, 살아도 못살아."

동물원

어떤 여인이 서너살 된 꼬마를 안고 은행에 들어왔다. 여인이 은행 창구에 다가서자, 그 꼬마는 쥐고 있던 빵조각을 남자 행원한테 불쑥 내밀었다. 은행원은 꼬마의 갑작스런 행동에 당황해 했다.

"얘가? 그러면 못써!"

꼬마의 엄마는 아이를 나무란 다음 은행원에게 말했다.

"미안합니다. 얘가 방금 동물원에 다녀왔거든요."

절대로 그렇게는 못하겠습니다

한 회사원이 결혼기념 선물로 아내의 속옷을 사기 위해 속옷가게에 들렀다.

점원 아가씨에게 브래지어를 쳐들고서 물었다.

"이건 얼마입니까?"

"6천 5백 원입니다."

이번엔 팬티를 들어보이면서 물었다.

"그럼, 이건요?"

"3천 5백 원입니다."

그러자 회사원이 말했다.

"합계 1만 원이네. 각각 끝에 5백 원이 붙어 계산하기 복잡하니까, 그 5백 원을 브래지어는 올리고 팬티는 내리면 안 될까요?"

점원 아가씨는 그 말에 얼굴이 붉히며 쏘아붙였다.

"절대로 그렇게는 못하겠습니다."

경찰에 신고할 수밖에

70대 영감이 혼자 사는 아파트에 10대 여자 아이가 유흥비를 마련하기 위해 영감이 집을 비운 틈을 노려 침입했다.

돈이 될 만한 물건을 찾는데, 너무 열중하다가 갑자기 들이닥친 영감에게 그만 붙들리고 말았다.

"네 이년, 당장 경찰에 신고해 콩밥을 먹여주마!"

"할아버지, 저를 드릴테니 한 번만 용서해 주세요."

이 말에 영감은 여자 아이를 용서하기로 하고 젖먹던 힘까지 다해 가져보려 했다. 그러나 그 나이에는 도저히 무리였다.

한참 동안 씨름을 하던 영감은 결국 한숨을 내쉬며 말했다.

"애야, 그냥 원래대로 경찰에 신고해야겠다."

플러그가 빠졌잖아요

평소 일만 아는 순진한 전기기사가 결혼을 하게 되었다.

그는 섹스에 대한 어떠한 지식도 없었다.

아무튼 그렇게 첫날밤을 맞았다.

신부는 그의 앞에서 옷을 벗었다. 여자의 알몸을 처음 본 그는 흥분한 나머지 신부에게 무작정 달려들었다.

신부의 몸 이곳저곳을 더듬고 만져 본 후 숨가쁘게 말했다.

"뭐야, 이게. 아무리 만져도 불도 안 들어오고."

이때 신부가 전등 불을 끄며 나지막하게 속삭였다.

"플러그를 꽂으셔야죠."

거지의 변명

지하철역에서 구걸하는 젊은 놈에게 지나던 노인이 말했다.

"여보게, 젊은이. 자네는 멀쩡한 두 손을 갖고 있으면서 왜 일을 하지 않고 구걸을 하나?"

이 말을 들은 젊은이는 발끈 성을 내며 말했다.

"아니, 그럼 사람들이 던져주는 동전 몇 개 때문에 내 팔을 잘라버리란 겁니까?"

풀장에서 무슨 고기를 잡아!

정신병원에서 치료를 받고 있는 환자가 변기통에 낚싯대를 넣고 무언가를 하고 있었다. 이를 본 의사가 말했다.

"고기 좀 잡았습니까?"

그러자 환자는 퉁명스레 대꾸했다.

"선생님, 미쳤어요? 변기통에 무슨 물고기가 살아요? 나, 원 참."

이 말을 들은 의사는 이 환자의 병이 나은 것 같아 흐뭇한 미소를 지으면서 돌아갔다. 환자는 뒤돌아가는 의사를 보면서 혼자 중얼거렸다.

"누굴 호구로 아나. 내가 어떻게 찾은 기가 막힌 포인트인데…."

미니스커트의 값

갓 고등학교를 졸업한 초년생 아가씨가 미니스커트만 입고 다녔다. 그러던 어느 날 남친을 만나고 돌아온 그녀가 엄마에게 말했다.

"엄마, 나 오늘 만 원 벌었어."

"아니, 데이트한다고 나가더니 그게 무슨 말이냐?"

"남친이 놀이터에서 높은 철봉에 매달리면 천 원 준다고 하길래, 매달려서 만 원 벌었지, 뭐."

"애! 그 놈이 네 팬티를 보려고 그러는 거잖아. 다시는 당하지 마라. 알겠니?"

그녀는 엄마의 말에 고개를 끄덕이며 알았다고 했다.

다음날 그녀는 또 남친을 만나고 들어와 엄마에게 3만 원을 벌었다고 말했다.

"이런 바보, 그렇게 말했는데 오늘은 세 번씩이나 당했어?"

"아니야, 엄마. 내가 바본가. 오늘은 팬티를 안 보여 줄려고 아예 팬티를 안 입고 나갔거든. 그런데도 바보처럼 두 번이나 더 철봉에 매달려 보라고 하더라고."

작아서 샘플로 돌리더라구요

신혼부부가 잠자리에서 꿈 얘기를 나누었다.

"자기 나 요즘 꿈에 매일 그거만 보여요. 아마 신혼이라서 그런가 봐요. 어제도 꿈을 꾸었는데, 남자의 그것을 파는 경매장에서 큰 것은 만 원, 굵은 것은 2만 원에 팔리더라구요. 당신 것도 보았어요."

"그래? 그럼 내 것은 얼마에 팔렸어?"

"당신 것은 안 팔렸어요."

"너무 값이 높았나?"

"아뇨, 작아서 샘플로 돌리더라구요."

그 남자의 첫 여자

대낮에 남녀가 여관에 들어갔다. 방에 들어가자 마자 두 사람은 가쁜 숨을 몰아쉬며 옷을 벗었다. 그리고는 남자가 여자에게 다시 한 번 물었다.

"너를 안고 싶다는 말을 한 사람이 내가 처음이란 거, 정말이지?"

그러자 여자는 약간 짜증난다는 듯 이렇게 말했다.

"그렇다니까. 자기보다 먼저 만난 남자들은 모두 말없이 나를 안았다니까."

난 알아요

두 명의 수녀가 밤길을 가고 있는데 어둠 속에서 괴한 둘에게 강간을 당했다.

그러자 한 수녀가 이렇게 기도했다.

"오오! 하나님, 이 사람들을 용서해 주십시오. 이 사람들은 지금 자신들이 무슨 짓을 하고 있는지 모른답니다."

그러자 그 옆에서 당하고 있던 수녀가 숨을 헐떡이며 말했다.

"안 그래요! 나를 덮치는 이 남자는 너무 잘 알아요!"

남의 닭까지 잡아왔네

한 농부가 닭 여러 마리를 상자에 넣어 어린 조카에게 보냈다. 닭을 받은 소년이 상자에서 막 닭을 꺼내려는 순간 상자 문이 갑자기 열리면서 닭들이 다 튀어나가고 말았다.

다음날 소년은 삼촌에게 편지를 썼다.

"옆집 마당까지 쫓아갔지만 열 한 마리밖에 못 잡았습니다."

이에 삼촌이 답장을 보내왔다.

"잘 됐다. 오히려 다섯 마리가 더 늘었구나."

산부인과 지망생

의대 지망생 : 선생님, 돈을 많이 벌려면 무슨 과가 좋은지요?

의대 교수 : 당근 산부인과지. 환자들이 남자 의사를 선호하는데다, 한 번 보인 의사를 꾸준히 찾거든!

피로연에서

약혼한 커플이 어떤 디너파티에 참석해 한참 식사를 하던 중에 남자가 약혼녀에게 귀엣말로 자기 바지가 터졌다고 했다.

약혼녀는 평소 핸드백 속에 실과 바늘을 넣고 다녔기에 걱정하지 말라고 남자를 안심시켰다. 그리고는 연회장 종업원에게 그 사정을 얘기했다.

종업원은 두 사람을 빈 여자화장실로 안내했다. 그곳의 화장실 문은 한쪽 벽을 따라 늘어서 있었다.

여자가 바지를 꿰매는 동안 남자는 와이셔츠 끝자락을 아래로 잡아당겨 아랫도리를 가리고 옆에 서서 기다렸다.

그런데 갑자기 여자들이 떠드는 소리가 가까이 들려왔다. 여자는 재빨리 가까이 있는 화장실 문을 열고 그를 안으로 밀어넣은 다음 등으로 그 문을 가로막고 바지를 꿰맸다.

이런 상황에서 남자는 약혼녀가 막고 있는 문짝을 자꾸 밀고 있었다. 여자는 문을 열리지 않도록 버티면서 작은 소리로 가만히 있으라고 했다. 그런데도 남자는 여전히 문짝을 밀고 나오려고 했다.

"아직도 사람들이 있단 말이에요!"

안에서 남자의 다급한 목소리가 들렸다.

"안돼! 지금 당신이 나를 결혼 피로연장 한복판으로 밀어넣고 있단 말야!"

좀 더 세게, 바로 거기야

연로한 아버지를 생각해 할머니 한 분을 새어머니로 맞아들인 효성 지극한 아들이 있었다.

첫날밤 아들이 아버지의 방안 동정을 살피고자 문밖에 서서 귀를 기울였다. 아버지의 말이 들렸다.

"좀 더 세게, 바로 거기야."

이어서 새어머니의 목소리가 들렸다.

"이제 내 차례예요, 영감. 좀 더 손을 아래쪽으로 가져가요. 거기, 바로 거기요."

너무 뜨거운 분위기인지라 아들은 은근히 아버지의 건강이 걱정되어 문틈으로 살짝 들여다보았다.

늙은 아버지와 새어머니는 서로의 등을 긁어주고 있었다.

추월

　김포공항으로 가는 도로에는 차량들이 붐비고 있었다. 공항 승객을 태운 버스 기사는 앞에서 천천히 달리고 있는 승용차를 추월하려고 왼쪽 깜박이를 켜면서 차선을 바꾸려 시도했다.

　그렇게 막 앞지르려는데 앞 차를 운전하는 여자가 차창 밖으로 왼손을 내밀었다. 왼쪽 차선으로 들어가겠다는 신호였다.

　공항버스 기사는 차선 변경을 포기하고 앞 차가 차선을 바꿀 때를 기다렸다. 그런데 앞 차는 차선을 바꾸지 않고 창 밖으로 내밀었던 손을 거두었다.

　이에 공항버스 기사는 다시 추월을 시도했다. 하지만 또 앞 차의 여자가 또 다시 차창 밖으로 손을 내밀고 1분쯤 주행하더니 아까와 마찬가지로 손을 거두어들였다. 그러기를 무려 대여섯 번을 반복했다.

　"아니, 저 여자 대체 뭐하자는 거야?"

　공항버스 기사는 더는 못참겠다며 속도를 내어 차선을 바꾸어 추월했다. 그런데 추월을 하면서 그 차를 내려다보니 여자는 오른손 손바닥으로 핸들을 조작하는 한편, 왼손 손톱에 매니큐어를 칠하면서 세월아 네월아 운전하고 있었다.

　차창 밖으로 손가락을 내밀은 것은 순전히 매니큐어가 끝난 손톱을 말리기 위해서였던 것이다.

후회

지독한 구두쇠가 큰 맘 먹고 로또 두 장을 샀다. 그런데 두 장 중 하나가 1등에 당첨되어 인생 대박을 이뤘다.

그럼에도 그는 전혀 기뻐하지 않았다. 이를 이상하게 생각한 친구가 말했다.

"아니, 대박이 터졌는데 왜 그래?"

그 사내는 당첨되지 않은 복권을 들어보이며 침통한 표정으로 말했다.

"공연히 두 장을 사서 아까운 돈을 날렸잖아."

직업은 못 속여

일밖에 모르는 형사가 있었다. 보다못한 그의 동료들이 휴가도 반납하고 일만하는 그를 억지로 데리고 사냥을 갔다.

사냥터에서 그 형사가 꿩을 발견했다. 살금살금 꿩 뒤로 걸어가 큰 소리로 외쳤다.

"경찰이다. 꼼짝마!"

형사의 목소리에 놀란 꿩, 푸드득하고 날아갔다.

가게와 밑천

첫날밤 신부가 분위기를 잡기 위해 신랑에게 속삭였다.

"자기야, 이게 뭐야?"

"뭐긴, 내 소중한 밑천이지."

신랑이 되물었다.

"그러면 자기 것은 뭐야?"

그러자 신부가 콧소리로 대답했다.

"으응, 자기의 밑천이 들어갈 가게…."

분만의 순서

이른 새벽부터 아내가 입원한 산부인과 분만실 앞에서 남편이 초조하게 기다리고 있었다. 그러나 한낮이 지나도록 아무 소식이 없었다.

간호사는 분만실에서 나올 때마다 다른 사람에게 아들이다, 딸이다 하면서 축하를 해주고 있었다.

남자는 더 이상 참지 못하고 간호사에게 항의했다.

"이거 너무하는 거 아니예요. 내가 저 사람보다 먼저 왔는데 왜 저 사람 아이가 먼저 나와요."

조건반사와 무조건반사

선생님이 학생들에게 조건반사와 무조건반사의 예를 들어보라고 하자, 한 학생이 벌떡 일어나서 자신있게 말했다.

"네, 조건반사는 개에게 밥을 주면서 종을 치면, 나중에는 종만 쳐도 개가 침을 흘리는 것이고, 무조건반사는 지나가는 여학생만 봐도 바지가 불룩해지는 것을 말합니다."

구제불능의 남편

아들이 유괴 당했다며 신고한 부인에게 형사가 물었다.

"아드님이 유괴 당한 것 같단 말이지요?"

"예."

"협박장을 최초에 발견한 사람은 누구였습니까?"

"남편이에요."

"남편께서는 왜 오시지 않았습니까?"

"남편 말인가요, 형사님에게 이런 말씀드리기는 좀 우습지만, 집안의 중요한 일은 전부 제가 결정해요. 이럴 때 그 사람 와 봐야 별 도움 안 됩니다."

"예, 알겠습니다. 좋습니다. 그 협박장을 좀 볼까요."

형사는 부인이 건네준 유괴범의 협박장을 보았다.

'네 아들은 내가 데리고 있다. 아들의 생명이 걱정된다면 천만 원을 준비하고 다음 연락을 기다려라. 섣불리 경찰에 알리면 아이의 목숨은 없다. 추신 : 남편의 용돈을 좀 더 주도록 해라. 그렇지 않으면 아이를 죽이겠다.'

"저어 형사님, 제가 볼 때 마지막 두 줄은 필체가 좀 달라 보여요. 그리고 무슨 유괴범이 남편 용돈 걱정을 하죠?"

70년 무사고 보행자

한 택시기사가 주택가를 달리고 있는데 할아버지가 갑자기 차 앞으로 뛰어들었다.

급정거를 해 간신히 사고를 피한 기사가 화를 내며 말했다.

"할아버지, 누구 신세 망칠 일 있습니까? 전 5년 무사고 운전사란 말입니다."

그러자 할아버지가 하는 말,

"이 사람아! 나는 70년 무사고 보행자야."

찬밥과 주먹밥

작전회의를 끝낸 사단장이 운전병에게 관사에 들렀다 가자고 했다.

관사에 도착해 사단장이 관사 안으로 들어갔다. 그런데 기다리던 운전병이 물이 마시고 싶어 관사 부엌으로 들어갔다.

그런데 마침 방안에서 들려오는 소리가 수상쩍어 들어보니 사단장의 목소리가 매우 숨가빴다.

"여보, 시간이 없으니 그냥 찬밥 먹을게."

조금 전에 식사를 마치고 온 사단장인지라 아무래도 이상해서 운전병은 방문 틈으로 안을 들여다보았다.

"음! 그랬군…"

운전병은 그 찬밥이 서둘러 하는 그 짓이라는 것을 알았다. 그런데 문틈으로 훔쳐본 사단장 부인의 눈부신 알몸이 어른거려 견딜 수가 없었다.

그래서 운전석에 앉아 이른바 사단장과 부인이 함께 '찬밥'을 먹는 상상을 하며 바짓속 물건을 주무르기 시작했다.

사단장이 차에 돌아와 보니 운전병이란 놈이 운전석에 앉아 그 짓거리를 하고 있으니 기가 막힐 수밖에. 지휘봉으로 냅다 머리를 후려갈기며 소리쳤다.

"야, 이놈아. 너 지금 뭐하는 짓이야?"

"사단장님은 자가용에 영업용까지 찬밥 더운밥 마음대로 드시지만, 저는 이런 주먹밥 말고는 먹을 게 없으니까요."

운전 교습

오토메틱이 아닌 스틱 차량이 대부분이던 20여년 전 아줌마들이 차 몰고 다니는 걸 몹시 못마땅하게 생각하는 사람이 한 사교 모임에서 그에 대해 역설했다.

"제 아내가 어찌어찌 운전면허를 땄습니다. 글쎄 이놈의 여편네가 그때부터 섹스를 할라치면 전과 달리 자기가 운전하겠다며 내 것을 기어로 생각하는 거예요. 뭐, 그건 그럴 수 있다고 이해했는데, 이게 말이죠. 다 알다시피 남자들 아랫도리 물건이란 게 천천히 1단, 2단, 3단, 4단으로 가볍게 바꿔가며 넣어야 되는데, 단번에 4단으로 넣는 거예요. 제가 여편네들이 운전하는 거 싫어하는 데는 다 이유가 있다 이 말입니다."

지나치면 탈

중년 부인이 남자의 정력에 좋다는 해구신을 구해 곧바로 남편에게 복용을 시켰다. 하지만 웬일인지 한 달이 다 되어도 별다른 소식이 없었다.

"혹시 가짜였나?"

그러나 마침내 남편에게서 해구신의 무서운 효력이 나타나는 그 첫날이 되었다.

남편은 퇴근을 하자마자 아내를 뜨겁게 안았다. 그리고 저녁밥 먹기 전에 또 다시 안아주었다. 그런가 했더니 숟가락을 놓자마자 또 안아주는 것이었다.

아내는 너무 행복했다. 콧노래가 절로 나왔다. 설거지를 마치고 방에 들어왔다. 그런데 이게 웬일! 남편은 그 새를 못 참고 혼자서 미친듯이 자위를 하고 있었다.

참새의 값

사냥꾼이 쏜 총에 빗맞은 참새가 날아가다 밭에 떨어졌다.

사냥꾼 : 그 참새는 내가 쏘아 맞춘 것입니다.

농부 : 무슨 소리야. 내 밭에 떨어졌으니 내 것이지.

두 사람은 실랑이를 한 끝에 서로의 귀싸대기를 각각 50대씩 때려 이기는 사람이 그 참새를 갖기로 했다.

사냥꾼이 먼저 50대를 갈겼다. 농부의 뺨은 벌개지고 퉁퉁 부었다. 이번에는 농부의 차례가 되어 사냥꾼의 귀싸대기를 정조준하여 갈기려 했다.

그러자 사냥꾼은 도망 가면서 소리쳤다.

"아저씨가 참새 가지세요!"

1인승 배

모처럼 일찍 귀가한 남편이 아내와 대낮부터 섹스를 하고 있는데, 때마침 배가 아파서 조퇴하고 돌아온 아들 녀석이 방문을 불쑥 열고 들어왔다.

"아빠 엄마, 지금 뭐하는 거야?"

"응… 재미 있는 뱃놀이 하고 있단다."

"와, 그러니까 엄마가 배네?"

"응, 그런 셈이지…."

"아빠, 나도 탈거야."

"그건 안돼. 이 배는 1인승이거든."

핑계 없는 무덤

절에서 한 땡초가 닭을 잡아 털을 벗기다가 지나가던 행인에게 들켰다.

"아니 스님……. 불가에서 어찌 살생을……."

"글쎄, 이 녀석 불심이 어찌나 깊은지 머리 깎고 입산수도를 하겠다지 뭡니까."

어떤 입장료

아름답고 매력적인 아가씨가 비키니를 입고 수영을 하다가 그만 수영복이 찢어졌다.

당연히 남자들의 시선이 집중되었다. 그녀는 당황한 나머지 쩔쩔매다가 옆에 있는 안내판으로 그 곳을 가렸다.

그러자 남자들의 눈이 일제히 그 안내판에 꽂혔다.

이에 그녀는 눈을 아래로 하여 그 안내판을 보았다. 안내판 문구는 이렇게 쓰여 있었다.

'남자 전용 수영장'

그녀는 당황해 하며 얼른 다른 팻말로 바꿔 가렸다.

그런데 이번엔 남자들이 모두 입을 헤벌리고 쳐다보는 게 아닌가. 그녀는 다시 팻말을 보았다. 그 팻말에는 이렇게 쓰여 있었다.

'수심 2m'

그녀는 또 다른 팻말로 가렸다.

그랬더니 이번에는 어린 아이까지 눈을 휘둥그레 뜨고 쳐다보고 있었다.

'대인 5,000원 / 소인 2,000원'

머리 나쁘면 평생 고생

시골에서 올라와 슈퍼마켓에서 알바를 하고 있는 춘삼이가 오랜만에 친구를 만났다.

친구가 말했다.

"그래, 슈퍼마켓 일하기가 어떠냐?"

춘삼이 이에 대답했다.

"쫓겨났어. 주인이 나처럼 머리 나쁜 인간은 첨 봤대. 사실 할 말이 없더라구…."

"아니, 어느 정도길래?"

"물건 값을 외울 때쯤 되면 그 물건 값이 또 올라있더라구."

아빠를 주면 안 될까요

'어린이 날'이 되어 엄마가 아들에게 이웃에 병든 엄마와 사는 가난한 소년가장 얘기를 들려주고 있었다.

"얘, 아빠도 없이 불쌍한 그 아이에게 네 축구공을 주면 안 될까?"

엄마의 말에 아이가 말했다.

"축구공보다 아빠를 주면 더 좋아할 거예요"

문상객

　임종을 보기 위해 자식들이 둘러앉아 있는 가운데 아버지는 지난날을 회고하며 유언을 했다.

　아버지가 아들에게 말했다.

　"얘들아, 너희 엄마 부침개 솜씨는 정말 최고였단다. 마지막으로 먹고싶구나. 가서 부침개 한쪽 가져다 다오."

　이에 아들이 부침개를 가지러 갔다. 하지만 왠일인지 아들의 손에는 부침개가 들려있지 않았다.

　"어째서 빈 손으로 왔느냐?"

　"엄마가 그러는데요. 내일 문상객들 대접할 것밖에 없데요."

어떤 광고

낡은 팬티 하나로 버티는 대학생이 있었다. 그 대학생, 어느 날 학교에서 체육복으로 갈아 입다가 같은 과 애들에게 낡은 팬티를 들키고 말았다.

너무 창피한 나머지 다음날 누나 팬티를 훔쳐 입고 학교에서 팬티를 신나게 자랑했다.

하지만 이 한심한 친구. 한편으로 누나에게 야단 맞을 것이 두려워 열흘이 넘도록 집에 들어가지 않았다.

역시 팬티가 하나뿐인 그의 누나가 그 사실을 알고 학교신문에 광고를 냈다.

'××야, 팬티가 없어서 이 누나도 지금 학교를 못 가고 있어. 다 용서할테니 무조건 돌아와라.'

연날리기 중계방송

방송사에서 어느 연날리기 대회를 중계하고 있었다.

아나운서 : 연날리기에 정말 좋은 날씨네요.

해설자 : 예! 그렇습니다.

아나운서 : 아! 드디어 제1연이 올라가는군요.

해설자 : 예! 제2연도 올라갑니다.

얼마 안 있어 16연에 이어 17연이 올라갔다.

아나운서 : 아! 십칠연과 십팔연이 엉켰군요.

해설자 : 예! 그렇습니다. 저런 연을 쌍연이라 하죠.

이 때 예정시간보다 연날리기가 오래 걸리자 주최자 측에서 안내방송을 통해 나머지 연을 한꺼번에 날리라고 했다.

아나운서 : 여러 가지 연이 동시에 올라가는군요.

해설자 : 저런 연을 뭐라고 부르는지 아십니까? 바로 잡연이라고 부릅니다.

아나운서 : 예! 그렇군요.

그런데 그때 연 한 개가 비실비실 떠올랐다.

아나운서 : 어! 아직 한 연이 남았네요. 저렇게 비실비실 올라가는 연은 무엇입니까?

해설자 : 예! 개연입니다.

주제 파악

단골손님이 온갖 정성을 들인 끝에 마침내 꿈에 그리던 다방 마담과 하룻밤을 보냈다. 그러나 뜻밖에 큰 실망을 했다.

은근히 부아가 치밀었다. 그래서 그 마담에게 분풀이를 할 속셈으로 이튿날 친구를 다방으로 불러내 마담과 동석한 자리에서 말했다.

"여보게! 어젯밤에 내가 어느 집에 놀러갔는데, 대문은 널찍한데 정원에는 잡초만 무성하고 하수도 처리가 잘 안된 바닥은 온통 질퍽하고, 문지방은 사람들의 왕래가 많았는지 반질반질하더라구. 그리고 방안에 들어가 보니 쓰잘데 없이 넓기만 하여 도무지 다시는 가고 싶은 마음이 싹 달아나더라구."

그러자 마담이 앙칼진 목소리로 말했다.

"글쎄요… 내가 볼 땐 손님이 워낙 작으니까, 뭐든 넓게 보이는 것 같은데요?"

증거

하숙집에 일곱 명의 남자와 한 명의 여자가 함께 하숙을 하고 있었다.

어느 날 그들 중 한 사내가 여자의 방에 들어가 강간을 했다. 하지만 어두웠던 탓에 도대체 누구인지 알 수가 없었다. 그런데 일 주일 후 그 여자는 경찰에 하숙생 한 명을 지적하여 고발했다.

경찰 : 어떻게 그 남자라는 것을 알았죠?

여자 : 그 남자가 그 날로부터 정확히 일 주일 후에 비뇨기과에 가는 것을 보았거든요.

손빨래

　노모를 모시며 한 방에서 사는 신혼부부가 있었다. 이 때문에 '세탁기 돌리자'라는 암호를 정해 놓고 그 암호를 주고받는 날은 모텔에 가서 자기로 했다.

　어느 날 늘 그렇듯 신랑이 암호를 말했다.

　"오늘 밤 세탁기 돌리자."

　그러자 신부는 귀찮다는 듯 대답했다.

　"어제 밤에 돌렸잖아요."

　이 말에 신랑은 아쉽게 생각하며 자위를 했다.

　그런데 조금 후 신부가 암호를 건넸다,

　"여보, 세탁기 돌려요."

　이에 신랑은 별 생각 없다는 듯 대답했다.

　"조금 전에 손빨래 했어."

그냥 넣어요

옛날 조선시대에 스무 살 청년이 과거 남자관계가 복잡했다는 소문이 난 처녀와 혼인을 하게 되었다. 그 역시 그런 소문을 들어 알고는 있었지만, 소문은 소문일 뿐이라며 무시하기로 했다.

하지만 막상 첫날밤이 되자 불쑥 의심이 고개를 쳐들었다.

그는 색시가 숫처녀인지 확인해 보고 싶었다. 해서 신부의 그 곳을 슬슬 문지르고 손가락으로 찔러보면서 추리를 했다.

'음, 구멍이 이처럼 막혀 있는데, 굵디 굵은 것이 어떻게 들어갈 수가 있을까. 색씨는 숫처녀가 분명하다. 음, 칼로 찢어 틈을 벌린 다음에 그것을 넣어야지.'

그는 왼손으로 신부의 음문을 양쪽으로 벌리고 그 곳을 찢기 위해 오른손으로 칼을 집어들었다.

그 때였다. 신부가 외마디 소리를 질렀다.

"저, 지금껏 내 그 곳을 칼로 찢고 넣은 사내는 단 한 명도 없었어요! 내 말을 제발 믿으세요. 그냥 갈라진 곳으로 비집고 넣으세요. 그럼 쑤욱 하고 들어가니까요!"

"아니, 뭐라고……?"

놀다 가이소

경상도 남녀가 신혼 첫날밤에 열심히 시도를 하고 있었다. 신랑이 신부 배 위로 올라가자 신부가 쑥스러운 듯 말했다.

"뭐 할라꼬예?"

이에 신랑이 말했다.

"저짝으로 넘어갈라꼬."

그러면서 신부 반대편으로 넘어갔다. 잠시 후 또 신랑이 신부의 배 위로 올라갔다. 신부가 앞서와 똑같이 물었다. 이에 신랑도 똑같은 대답을 하고는 신부 반대편으로 넘어갔다.

기다리다 지친 신부는 신랑이 또 배 위로 올라오자, 이번엔 기다렸다는 듯 재빨리 말했다.

"이번엔 한참 놀다 가이소."

을순이의 죽음

　방년 십칠 세의 갑순이와 을순이는 동네의 절친이었다. 그 중 갑순이가 먼저 시집을 가게 되었다.

　"갑순아, 시집 가서 참 좋겠다."

　"응, 너무 좋아."

　며칠 후 마침내 갑순이는 혼례를 하고 첫날밤을 지냈다. 을순이는 갑순이가 너무 부러웠다.

　"갑순이년, 지금쯤 꿀맛이겠지……."

　그 후 며칠이 지났다.

　시집간 갑순이가 을순이를 찾아왔다.

　"그래, 첫날밤 어땠니?"

　을순이는 갑순이를 보자마자 첫날밤 일부터 물었다.

　"흥, 말도 마."

　"그래 갑순아, 네 신랑 것이 얼마만하든?"

　"아유, 그걸 어떻게 한마디로 말할 수 있겠니?"

　"그럼?"

　을순이는 호기심에 가득 차서 물었다.

　"넌 아직 모르겠지만, 그게 완전 도깨비 방망이더라구. 처음에는 손가락 두 개만하던 것이 좀 있다 인두자루로 바뀌더라구. 그러더니 곧바로 용머리가 되어 불끈 치솟더라니까."

　"어머나, 그것 참 신묘하구나."

　을순이는 침을 꿀꺽 삼켰다.

"그렇다니까, 그 다음은 아유, 말도 마. 그 방망이기 시정없이 아랫도리를 헤집는데……."

"들어오는가 싶더니 그, 그래서?"

"사지가 녹아나는 것 같더리구."

이렇게 말하며 갑순이는 을순이 허리를 잡고 부르르 떨었다.

"글쎄, 설마 그렇게까지일 줄이야……."

을순이는 또 한 번 침을 꿀쩍 삼켰다.

"글쎄, 그게 내 사타구니에 스르륵 하고 닿을 때마다 세상이 빙빙 돌더라니까."

"어머나, 그렇게까지……."

"그런데 거기까진 아무 것도 아니야. 그것이 스르르 내 구멍 속으로 들어오는데 온몸이 녹아버리는 거야."

을순이는 거의 혼이 나간 상태였다.

"어디 그 뿐인 줄 아니? 퍽퍽 소리를 내면서 그걸 넣었다 뺏다하는데, 나도 모르게 신음소리가 터져나오더라구. 그런가 했는데 그 다음에는……."

여기까지 얘기를 이어가던 갑순이가 을순이를 보며 갑자기 소리를 질렀다.

"애, 을순아, 을순아, 정신 차려!"

을순이는 아무 말도 없었다. 을순이는 갑순이의 얘기를 듣다가 그만 숨이 넘어간 것이다. 갑순이는 을순이를 부여안고 엉엉 울었다.

"이런 바보 같은 년, 마지막이 진짜인데!"

아가씨는 안 주나요?

시골 청년 하나가 신문 광고 쪼가리를 들고 헐레벌떡거리며 어느 대형 가구점을 찾아왔다.

"여기가 가구점입니까?"

"네, 그렇습니다."

"침대를 사려구요."

"어떤 침대를 원하십니까?"

청년은 신문광고를 보여주며 말했다.

"이 침대입니다?"

"와, 손님 안목이 대단하시네요."

청년은 침대값을 지불하고 트럭에 침대를 실었다. 그리고는 다시 신문광고를 보여주며 말했다.

"이 신부는 어디 있어요?"

"그 여자는 신부가 아니고 광고모델인데… 왜요?"

"제가 이 신문에 난 그대로 돈을 지불했잖아요. 그런데 어째서 침대만 주고 아가씨는 안 주는 겁니까?"

선물을 놓고 가는 도둑

도둑이 물건을 한 보따리 훔쳐 집으로 돌아가던 길에 한 집을 더 털기로 하고 어떤 집에 숨어들었다. 그런데 그 집은 경찰관의 집이었다. 물론 도둑은 그 사실을 까맣게 몰랐다.

마당을 지나 안채로 들어가기 위해 창문으로 들여다보니 경찰관이 험상궂은 얼굴로 이쪽을 노려보고 있었다.

도둑은 그만 혼비백산하여 들고 온 보따리도 잊은 채 그 집에 놓아 두고 줄행랑을 쳤다.

경찰은 소리를 지르며 도둑을 쫓아 나갔다. 하지만 도둑은 이미 사라졌고 못 보던 보따리 하나가 놓여 있었다. 풀어보니 가죽 옷이 한 벌 들어있었다.

"이야! 이 옷 내가 평소 입고 싶었던 옷이잖아. 저 사람 아마도 내게 신세를 진 사람 같구먼. 드러내놓고 내게 선물하기가 계면쩍었던 모양인…. 허참! 그래도 그렇지. 굳이 도둑질하다 들킨 사람처럼 저렇게까지 달아날 일이 뭐 있담."

그놈과 그년의 차이

한 겨울 살을 에이는 추운 날, 한 아가씨가 발을 동동 구르며 30분 넘게 택시를 기다리다 마침내 빈 택시가 오는 걸 보고 재빨리 손을 들었다.

그런데 갑자기 웬 사내가 잽싸게 달려와 택시에서 올라탔다. 이에 여자가 사내를 향해 욕을 퍼부었다.

"야, 이 ××놈아, 어디서 새치기를 해!"

이에 택시 안의 그 사내가 맞받아쳤다.

"입 두 개 달린 ×년아! 아가리에 걸레를 물었니? 어디서 쌍욕이야!"

여자가 지지 않고 되받았다.

"꼴에 대가리 두 개 달렸다고 주접을 떨고 자빠졌네!"

너처럼 죄다 알바야!

배가 몹씨 고픈 사람이 원숭이 동물원 앞을 지나가다가 알바를 구한다는 광고를 보고 주인을 만났다. 주인은 시키는 대로만 하면 밥을 실컷 먹여주겠다고 했다. 그리고는 원숭이 탈을 주며 할 일을 알려주었다.

"이걸 쓰고 원숭이 우리에 들어가 노는거야. 그러나 절대로 소리 내어 말하면 안돼, 알았지?"

그는 주인이 시키는 대로 원숭이 탈을 썼다. 누가 봐도 틀림없는 원숭이었다. 원숭이가 된 이 사람은 곧바로 원숭이 우리로 들어갔다.

다른 원숭이들이 일제히 이 새로 들어온 원숭이에게 다가 왔다. 그런데 갑자기 등 뒤에서 누군가 자신의 등을 툭 치는 것이었다. 뒤돌아 보니 한 원숭이가 귀에 대고 속삭이듯 말했다.

"신참, 잘해 보자구"

세상에 말을 하는 원숭이라니! 너무 놀라 할 말을 잃고 그 원숭이를 쳐다보았다.

"놀랄 것 없어. 여기 있는 원숭이들, 너처럼 죄다 알바야!"

다 이유가 있었다

엄마가 야채 트럭에서 과일 배추, 무를 샀다. 옆에서 이를 지켜보는 아이에게 야채장수가 팔던 버찌를 한 움큼 쥐어주며 말했다.

"애야, 이 버찌 먹으렴."

하지만 아이는 얼른 받지 않고 머뭇거렸다.

"너 버찌 안 좋아하는구나"

"좋아해요."

"그런데 왜?"

야채 장수는 아이의 모자를 벗겨 버찌를 수북하게 담아주었다. 집에 와서 엄마가 물었다.

"너 버찌 좋아하면서 처음에 왜 안 받았어?"

"처음에 받았으면 조금밖에 못 받잖아."

꿀잼야그

문지사

차례

야그 1

＿ ＿ ＿ ＿ ＿ ＿ ＿ ＿ ＿ ＿ ＿ ＿ ＿ ＿ ＿ ＿ ＿ **심봉사의 기억**

심봉사의 기억

심봉사가 눈을 뜨기 위해 열심히 불공을 드렸습니다. 지극 정성 끝에 심봉사는 드디어 눈을 뜨게 되었습니다. 이 소식을 접한 마을 사람들은 정말 그가 눈을 떴는지를 확인하기 위해 그의 집으로 몰려갔습니다.

이때 심봉사는 평상시와 다름없이 눈을 감고 지팡이를 이리저리 짚어가며 산길을 내려오고 있었습니다.

이를 이상하게 생각한 마을 사람들은 그에게 물었습니다.

"아니, 심봉사 영감. 눈을 떴다더니 왜 그렇게 다니고 있소."

그러자 심봉사는 이렇게 대답했습니다.

"처음 보는 길이라 찾을 수가 없어서 다시 눈을 감고 다닌답니다."

봉이 김선달

어느 날 봉이 김선달이 남산골 주막에서 남자들로부터 이상한 이야기를 들었습니다. 그 이야기는 이러했습니다. 이 고을에 한 과부가 살고 있는데, 어떤 남자이건 하룻밤을 넘기지 못하고 모두 복상사를 한다는 것이었습니다. 이에 호기심이 많은 김선달은 물어물어 과부가 산다는 집을 찾아가 대문 앞에 섰습니다.

"이리 오너라! 게 아무도 없느냐!"

잠시 후 아리따운 과부가 문을 열어주자, 김선달은 말을 걸었습니다.

"실례하오만, 하룻밤만 묵고 갈 수 없는지요."

이 말을 들은 과부는 흔쾌히 승낙을 하고 김선달을 방으로 안내한 후 술상까지 내왔습니다. 분위기가 한창 무르익자 김선달은 주막에서 들은 이야기를 꺼냈습니다.

"내가 들은 이야기가 모두 사실이요?"

"그렇사옵니다."

"허어, 믿기 어려운 말인 것 같소이다."

"그럼, 제가 어떡해야만 믿겠사옵니까?"

"그렇다면 내가 직접 확인해도 되겠소이까?"

"정말, 후회하시는 일은 없겠는지요?"

"그렇소. 나도 조건이 하나 있소이다."

"무엇인지 말씀해 보시지요"

"5분하고 1분 쉬는 것이외다."

"그렇게 하시지요."

이처럼 두 사람은 충분한 대화를 나눈 후 곧바로 확인 작업에 들어갔습니다.

김선달은 자신이 내세운 조건대로 5분이 지나자 갑자기 하던 일을 멈추고 밖으로 나갔다가 1분이 되어서 들어왔습니다. 이렇게 반복하기를 10여 차례가 되자, 과부는 흥분을 감추지 못하고 밖으로 나가는 김선달을 잡고 빌었습니다.

"선비님, 제발 나가지 마시와요. 부탁입니다."

"허어, 약속은 약속대로 해야 합니다. 어서 손을 놓으시오."

순간 과부는 깜짝 놀랐습니다. 목소리가 김선달이 아닌 것 같아 확인을 위해 얼른 등잔불을 켰습니다. 역시 김선달이 아니었습니다. 과부는 그 남자에게 물었습니다.

"저~ 죄송한데, 초저녁에 계시던 선비님은 지금 어디에 계시는지요?"

"아! 그 선비님이요. 대문 밖에서 표를 팔고 있답니다."

"이~나쁜 놈."

원샷

　제자들이 무예를 한창 닦고 있는 어느 무더운 여름날 밤이었습니다. 휴식시간을 맞아 스승이 제자들을 한 곳으로 불러모았습니다.

　첫 번째 제자의 코에 썩은 생선을 갖다 대며 물었습니다.

　"어떤 냄새인고?"

　"스승님, 이것은 썩은 냄새이옵니다."

　"그렇다면 네 마음이 썩었기 때문이니라."

　두 번째 제자에게 하늘을 가리키며 물었습니다.

　"저기, 밤하늘이 무슨 색깔인고?"

　"스승님, 저것은 검은색이옵니다."

　"허어, 그건 네 마음이 검은 탓이로다."

　세 번째 제자의 혀끝에 장아찌 국물을 묻혀 주며 물었습니다.

　"무슨 맛이 느껴지느냐?"

　"스승님, 이것은 짠맛이옵니다."

　"음~그래, 네가 짠돌이라서 그렇다."

　마지막 네 번째 제자에게 간장 맛을 보라고하 하자, 이에 잔머리를 굴린 제자가 먼저 말했습니다.

　"매우, 단맛이 느껴지옵니다. 스승님."

　"그러냐? 그렇다면 얼른 원샷 하여라. 알겠느냐!"

가족하고 어떻게 그 짓을

천하의 바람둥이 놀부가 어느 날부턴가 다른 여자를 만나고 있었습니다. 이후부터 놀부는 외박이 잦아지면서 자연스럽게 부인과의 잠자리까지 멀어졌습니다. 이에 화가 머리끝까지 오른 놀부의 아내가 바가지를 긁었습니다.

"야, 너 죽고 나 살자. 이 원수 같은 놀부야! 딴년하고 바람 피우는 것이 그렇게 좋아! 내가 몸매가 빠지냐? 얼굴이 못 생겼냐? 도대체 이유가 뭐야. 이놈아~."

아내에게 바가지를 긁힌 놀부는 눈치를 보면서 조용하게 들릴 듯 말듯 이렇게 말했습니다.

"여보, 가족하고 어떻게 그 짓을 해…."

거세 수술

한 할머니가 고양이를 옆에 두고 등잔을 닦고 있었습니다. 그때 갑자기 연기가 피어오르면서 아라비아 요정이 나타나서 세 가지 소원을 들어주겠다고 했습니다. 할머니가 기뻐하며 서둘러 소원을 말했습니다.

"부자가 되고 싶고, 또 젊어지고 싶소. 거기다가 이 고양이 잘생긴 왕자가 되었으면 한다오."

이 말이 끝나기가 무섭게 할머니는 아름다운 야회복 차림의 매력적인 젊은 여성으로 변했습니다. 고양이 또한 왕자로 변신되어 팔을 벌리고 서 있었습니다. 젊은 여성으로 변한 할머니가 그의 품 속으로 안기려는 순간 왕자가 속삭였습니다.

"당신이 날 거세 수술을 시키려고 수의사에게 데려갔던 일을 틀림없이 후회할 거요."

금수의 행동

못된 시아버지가 며느리를 농락하려고 했으나 잘 되지 않았습니다. 그래서 덕망 있는 서문장을 찾아가 그의 지혜를 빌렸습니다. 그는

"자넨 며느리가 아침에 머리를 빗고 있을 때, 그녀의 목덜미를 물으면 돼."

이튿날 아침, 그는 며느리가 머리를 빗고 있을 때 덥석 덤벼들어 목덜미를 마구 물어뜯었습니다. 그러자 며느리는 뜻밖에도 시아버지의 수염을 움켜쥐고 뺨을 후려 갈겼습니다.

그는 분함을 참지 못해 서문장에게 달려가 따졌습니다. 그러자 서문장은 싱글벙글 웃으면서 말했습니다.

"난 닭이 교미할 때 수닭이 암닭의 목덜미를 물어뜯는 것을 보았거든."

그 말을 들은 시아버지는 얼굴이 새빨개지면서 소리쳤습니다.

"그건 금수들이나 하는 짓 아닌가? 인간은 그런 것과 다르단 말야."

그제야 서문장은 손뼉을 치며 웃었습니다.

"그렇다면 자네가 며느리를 농락한다는 것은 사람으로서 할 수 있는 일인가?"

노부부의 이혼 약속

120살이 넘은 노부부가 이혼을 하기 위해 가정법원에 도착했습니다. 두 사람은 법정에 들어섰고, 이에 판사는 이들에게 도대체 이해가 가지 않는다며 물었습니다.

"왜, 돌이킬 수 없는 결정을 하셨습니까? 이제부터라도 두 분이 서로 의지하시면서 사시는 것이 옳다고 생각하는데요."

판사의 말이 끝나자 할아버지가 먼저 입을 열었습니다.

"저 할망구는 나를 쥐뿔도 아니라고 생각한다오. 처음엔 몰랐는데 결혼 후 120년이 지나자 숨겨놓은 발톱을 세우지 뭡니까."

할아버지의 말이 끝나기가 무섭게 이번엔 할머니가 서둘러 말했습니다.

"어휴, 내가 못 살아! 판사 양반, 저 영감탱이 말은 전부 거짓말이라오. 더구나 매일 술에 골아서 술주정만 했지, 날 위해 해준 것이라곤 하나도 없다오."

판사는 이들의 말을 충분히 이해한다는 표시로 고개를 끄덕이면서 물었습니다.

"그렇다면, 그때 이혼하시지 왜 안 하셨습니까?"

그러자 노부부는 눈을 아래로 깔면서 이구동성으로 이렇게 말했습니다.

"그때 어른들께서 이혼을 하면 자식들이 불행해진다고 했다오. 그래서 어른들의 약속을 지키기 위해서 자식들이 모두 죽을 때까지 기다렸지요."

항문

대원군하면 말 많고 탈 많고 또 별스럽기로 유명했던 조선시대의 권력자였습니다.

대원군은 외척 김씨 세도 밑에서 수십 년 동안 고생살이를 하였으므로, 인간 세상의 물정에 어둡지 않았습니다. 그러므로 그는 소인배와 부유腐儒, 궁유窮儒들을 꿇려준 일이 많았습니다.

그가 집권한 지 얼마되지 않아서 시골 선비 한 사람이 운현궁에 문안을 왔습니다. 주객이 설왕설래 인사를 마치자 운현 대감은 선비에게 점잖게 물었습니다.

"처가가 어디신가?"

이에 그 선비는 자신의 유식을 자랑하기 위해서,

"황문黃門(황씨 집안)에 취처娶妻하였습니다(장가 들었습니다)."라고 대답했습니다.

그러자 대원군은 그 특유의 풍자로

"항문이라니, 똥구멍에 장가를 갔단 말인가?"

이에 시골 선비는 얼굴을 붉히며 말을 잃었습니다.

갓김치

호색하는 대감이 야밤에 슬그머니 자리에서 빠져나갔습니다. 여종을 찾아가는 눈치를 아는 아내가 뒤를 따랐습니다.

여비의 방에서 말이 흘러나왔습니다.

"절명부인(본처를 뜻한다)을 마다하시고 왜 천한 계집종을 찾으십니까?"

"그대는 갓김치, 절명과 갓김치는 항상 따라야 하는 법······"

더 들을 수 없어 아내는 방으로 들어와 자리에 누웠습니다.

얼마 후 여종 방에서 나온 대감은 마당에 있는 큰 돌에 앉아 궁둥이를 차게 한 다음 부인 곁으로 와 자리에 누웠습니다. 찬 궁둥이를 아내 쪽으로 내밀면서,

"아이고, 배탈이 나서 뒷간엘 갔다 왔더니 얼었구먼."

그러자 부인은 매섭게 말을 던졌습니다.

"배탈 나신 분이 어쩌자고 갓김치만 드십니까?"

천벌

본처의 투기가 대단하여 첩의 방에 갈 수 없는 남자가 있었습니다. 그는 갖은 궁리 끝에 한 묘책을 꾸며 냈습니다.

"변소에 다녀올게."

하고 휴지를 들고 나가려고 했지만, 본처가 좀처럼 믿어주질 않자, 그는 첩의 생각이 더욱 간절하여 입에서 나오는 대로

"염려마오. 만일 내가 첩의 방엘 들어가면 천벌을 받아 개가 될 걸세!"

하고 굳게 맹세를 하였습니다. 본처는 설마 딴 짓을 할까 싶었으나 워낙 질투가 심한 여인이었으므로 남편의 한쪽 발목에 변소까지 갈 만한 끈을 맨 다음 내보냈습니다.

남편은 즉시 그 끈을 풀어 집에서 기르는 개 발에 묶은 다음, 그 길로 첩의 방에 뛰어든 그는 바지춤을 풀며 첩을 요 위에 쓰러 뜨리고 허겁지겁 그 일에 온 힘을 쏟았습니다.

한편 변소에서 돌아올 시간이 되어도 감감 소식이었으므로 본처는 의심이 생겨 한 손에 쥐고 있던 끈을 살살 잡아당겨 보았습니다. 그러자 그 끈에 매어 끌려온 것은 개였으므로 본처는 기겁을 하고 놀라며

"이런 변이 있나? 결국은 천벌을 받아 개가 되었구나."

하며 대성통곡을 하였다고 합니다.

두 여자

두 여자가 서로 마주 앉아 풀솜에서 명주실을 뽑아내고 있었습니다. 이런저런 이야기 끝에 이쪽에 앉은 여자가 기다란 실꾸러미를 들고

"나는 아직 그 일에 한 번도 만족을 느껴 본 적이 없어. 이 실꾸러미 만큼 크고 단단한 연장이 있다면 얼마나 좋을까?"

하고 탄식조로 말하자, 상대편 여자가 말을 받았습니다.

"나 같으면 그것 만한 거라면 말랑말랑한 것이라도 상관없겠어."

"그까짓 맥도 못추는 것이 무슨 쓸모가 있다고?"

그러자 상대편 여자는 고개를 설레설레 저으며

"그 말랑말랑한 것이 성이 나보라구. 그 실꾸러미 정도겠어? 두 배나 더 크게 되지."

하고 얼굴을 붉혔습니다.

옥황상제의 변신

옥황상제가 하루는 오전 결재를 마치고 나서 할 일이 없자 청사 순시를 하기로 했습니다.

어느덧 맨 마지막 사무실에 이르렀는데, 거기서는 이제 막 죽어서 전입 온 자들이 담당관 앞에서 면담을 받고 있었습니다.

옥황상제는 담당관을 나가 있으라고 하고 자신이 그 자리에 앉아서 면담을 맡아보기로 했습니다.

"나는 옥황상제인데, 너희들의 소원을 말해 보아라."

첫번째 남자가 말했습니다.

"저는 이승에서 하도 가난하게 살아서 이번엔 돈을 좀 벌고 싶습니다. 돈벌이가 잘 되는 자리에 취직을 시켜 주십시오."

두 번째 남자가 말했습니다.

"저는 이승에서 호박에다 메주를 발라놓은 것 같은 여자랑 평생을 살았던 게 너무도 서러우니 부디 양귀비처럼 예쁜 여자와 결혼을 시켜 주십시오. 한 번 깨가 쏟아지도록 멋지게 살아보고 싶습니다."

세 번째 남자가 말했습니다.

"저는 이승에서 얼마나 핍박을 받았던지 분통이 터져 죽겠습니다. 그러니 어디 끗발 좋은 직책 한 군데를 마련해 주십시오."

그러자 네 번째 남자가 자신의 소원을 말했습니다.

"저는 돈도 잘 벌고, 예쁜 색시도 얻고 싶습니다. 그리고 이왕이면 지체 높은 자리에 앉고 싶습니다. 그런 자리 없습니까?"

그러자 옥황상제가 기가 막힌다는 표정으로 말했습니다.

"야, 이놈아! 그렇게 좋은 자리가 있으면 내가 앉지, 너희들 주겠느냐?"

거시기에 손 대면 안 됨!

어느 시골에 할아버지와 할머니가 살고 있었습니다. 두 사람은 매일 싸웠는데, 항상 할머니가 할아버지를 이겼습니다. 그러자 할아버지의 소원은 죽기 전에 할머니를 꼭 한 번 이겨보는 것이었습니다.

며칠을 생각한 끝에 묘안을 찾은 할아버지가 할머니에게 내기를 걸었습니다. 그것은 '오줌 멀리 싸기 시합'이었습니다. 시합을 벌인 끝에 이번에도 할아버지가 또 지고 말았습니다. 그 이유는 할머니가 내건 조건 때문이었습니다.

'거시기에 손 대면 안 됨!'

앞으로는 하지 말라니까!

시골에 가난한 농사꾼 부부가 살고 있었습니다.

그들 부부는 조기 한 마리 먹어보는 것이 소원이었는데, 하루는 남편이 산에 땔 나무를 하러 가고 없는 사이에 조기 장사가 찾아왔습니다.

"영광 조기입니다. 아주머니 조기 사세요!"

아낙네는 조기를 먹고 싶은 마음이 굴뚝 같았지만 수중에 살 돈이 없는지라 아무 말없이 조기만 뒤적거렸습니다.

젊은 아낙네의 거동에 조기 장수가 의아해 하며 물었습니다.

"왜 그러시오?"

"우리 남편이 조기 한 번 먹어보는 것이 소원이라는데, 원수 같은 돈이 없어 그러지요."

딱한 사정을 들은 조기 장수가 문득 엉뚱한 마음이 생겨 말했습니다.

"그럼 내가 조기 한 마리를 줄테니 잠자리를 허락하겠소?"

아낙네는 남편 밥상에 조기를 올려놓을 욕심에 관계를 허락했습니다.

뜻밖에도 저녁 밥상에 조기 한 마리가 올라오자 눈이 휘둥그레진 남편이 의아해 하며 물었습니다.

"여보, 이 비싼 조기 어디서 났지?"

아내는 순진하게도 낮에 조기 장수와 있었던 일을 그대로 털어놓았습니다.

그러자 남편은 조기를 구한 아내의 정성이 갸륵하여 화를 내지는 못하고 한숨을 쉬면서 말했습니다.

"이미 저질러진 일이니 할 수 없지. 그렇지만 앞으로는 절대로 그런 짓은 하지 마."

몇 달 후에 다시 그 조기 장수가 찾아와서는 남편이 없는 것을 확인하고 지난번과 같은 거래를 다시 하자고 말했습니다.

"지난번에 남편한테 야단맞았어요."

"그럼 이번엔 두 마리를 주겠소."

아낙은 조기 장수의 설득에 넘어가 또 다시 일을 치르게 되었습니다.

저녁 밥상에 조기 두 마리고 오르자 남편이 화를 내는 것은 당연한 일이었습니다.

"지난번에 내가 앞으로는 절대 하지 말라고 타일렀건만, 또 그짓을 벌렸단 말인가?"

크게 화를 내는 남편 앞에서 아내는 순진한 표정으로 말했습니다.

"앞으로는 절대로 하지 말라고 해서 이번에는 뒤로 했단 말예요. 그랬더니 조기를 두 마리씩이나 줍디다."

감맛이 똥맛

감을 무척 좋아하는 부잣집 총각이 일부러 감나무집 딸에게 장가를 들었습니다. 처가살이를 하기로 작정하고 혼사를 치뤘습니다.

그런데 매일같이 감을 달라고 할 수는 없는 게 신랑 체면인 터라, 하루는 밤을 틈 타서 색시가 잠들기를 기다렸다가 살금살금 뒤뜰에 있는 감나무로 기어올랐습니다.

그때 하필이면 밤잠이 없는 장인이 잠자리채를 들고 감나무 아래로 나온 것이었습니다.

"나의 귀여운 사위가 감을 좋아하는 모양이니까, 미리 따놓았다가 내일 또 줘야지."

일이 공교롭게도 밤눈이 어두운 장인이 잠자리채를 휘젓는데, 하필 감나무에 찰싹 달라붙은 채 숨을 죽이고 있는 사위의 불알이 감 대신에 걸려 들었고, 그 바람에 깜짝 놀란 사위는 그만 생똥을 내갈기고 말았습니다.

그런데 그 똥을 받아든 장인은 연시가 터진 것으로 착각하여 손가락으로 쿡 찍어 먹어보았습니다.

"어허. 이렇게 아까울 데가 있나? 이놈이 너무 익어서 곯아 터져버렸구만. 퉤퉤!"

즐거움이란

공자는 항상 제자들에게

"책과 가까이 하라."

고 가르쳤습니다. 그러나 그의 제자 중에 색자^{色子}는 책 따위는 도통 거들떠보지도 않고, 오직 여자의 육체를 탐하는 짓 만을 일삼았습니다.

어느 날 공자는 그를 보고 물었습니다.

"어떠냐? 책을 보는 재미가……."

"네, 이루 말할 수 없습니다. 책장을 넘길 때마다 전신이 오싹할 만큼 즐거운 그 맛! 그리고 가장 중요한 곳을 찾아내어 큰 붓으로 그 부분엔 듬뿍 먹을 묻혀 보았다는 증거를 꽉 박아놓는……. 그 즐거움과 오늘밤도 단연코 벗할 작정입지요."

나무아미타불!

시골길을 달리고 있는 버스에 남루한 옷을 입은 한 스님이 타고 있었습니다.

버스가 모퉁이를 돌 때 갑자기 사슴이 튀어나와 급브레이크를 밟았습니다. 이때 함께 타고 있던 못 생긴 여자가 스님의 품에 안기고 말았습니다. 그러자 스님은 곧바로 이렇게 기도했습니다.

"부처님, 제발 절 시험하지 마십시오. 나무아미타불….

얼마 후 버스가 또 다시 급정거를 하자, 이번엔 예쁜 여자가 스님에게 안겼습니다. 그러자 스님의 기도가 이렇게 바뀌었습니다.

"부처님! 이것이 저를 위해 행하시는 부처님의 뜻이라면 기꺼이 받아들이겠습니다. 나무아미타불."

엄마랑 자리 바꾸자

어떤 모녀가 함께 영화를 보는 중에 딸이 엄마에게 귓속말을 했습니다.

"엄마, 아까부터 옆에 있는 남자가 자꾸 내 허벅지를 만져."

그러자 엄마가 조용히 말했습니다.

"그래? 그럼 엄마랑 자리 바꾸자."

자연의 아름다움

며느리와 시아버지가 멍석 위에 널어 놓은 곡식에서 잡것을 골라내고 있었습니다. 그런데 며느리 고쟁이 사이로 못볼 것이 비치니까, 그것을 본 시아버지가 히죽히죽 웃었습니다.

아들이 그 광경을 목격하고서 뭐라고 말은 하지 못하고, 다만 똥 마려운 사람처럼 계속 왔다갔다 하면서 아내에게 눈치를 주려고 해도 도무지 눈이 마주쳐지지 않는 것이었습니다. 그래서 얼굴을 잔뜩 찌푸린 채 침통한 표정을 계속 짓고 있자, 아버지가 그런 아들을 보았습니다. 그리고 나무랐습니다.

"야. 이놈아! 자연 산수의 아름다움을 보고 화를 내는 놈은, 내 오늘 난생 처음 본다."

김선달의 아내

　김선달은 목욕을 하기 위해 대중목욕탕에 갔다가 배선달을 만났습니다. 배선달은 평양 장안에서 최고의 정력가로 이미 소문이 난 사람이었습니다. 그래서 김선달은 배선달에게 그 비결을 물어봤습니다.

　김선달 : 잠자리를 할 때 어떻게 하십니까?

　배선달 : 네, 저의 침대다리에 쇠가 달려있지요. 잠자리를 하기 전에 그 쇠에 3번 정도를 칩니다.

　김선달은 속으로 바로 이것이로구나 하고 생각한 뒤 곧장 집으로 가서 아내에게 사랑 받기 위해 그대로 따라 했습니다.

　때마침 아내는 잠을 자고 있었고 김선달은 배선달이 일러준 대로 따라 했습니다. 그 소리에 잠에서 깬 아내가 말했습니다.

　"어머나! 배선달님 오셨어요?"

농담도 못하니?

아버지와 아들, 모두 정신이 이상한 집안이 있었는데, 두 사람이 만나기만 하면 서로 싸우는 것이었습니다.

주위 사람들 보기가 민망해서 어머니가 두 사람을 정신요양원에 입원시켰습니다.

입원한 사람들이 많다보니까, 병동 안에서 마주치는 일이 없었는데, 어느 날 우연히 식당에서 마주치자 점심식사를 하게 되었습니다.

아들이 먼저 입을 열었습니다.

"아이구, 아버님. 정말 오랫만에 뵙는군요. 그 동안 별고 없으셨습니까? 건강을 위해 식사 많이 드십시오."

아들의 감격스런 인사를 받자 아버지가 말했습니다.

"야, 이놈 봐라! 이제야 제 정신이 돌아왔구나."

아버지의 칭찬을 듣자 아들이 말했습니다.

"야. 이놈아! 너하고 농담도 못하니?"

건드리면 더 커지는 법

갓 시집 온 며느리는 동네 개구쟁이가 담벼락에 그려놓은 남자 성기의 그림을 보고 너무 놀랐습니다. 그래서 그것을 깨끗이 지웠습니다.

그런데 다음날 아침에 보니, 어느새 어제 보다 더 크게 그려져 있는 게 아닌가, 며느리는 또 지워버렸습니다. 그러자 이번에는 더욱 크게 그려져 있었습니다.

며느리가 또 지워버리려고 하자, 시아버지가 지켜보면서 하는 말,

"아가야, 그냥 내버려 두거라. 원래 그건 건드리면 더 커지는 법이란다."

주사는 아파요

네 살 먹은 여자 아이가 아파서 병원에 갔습니다.

주사를 맞지 않으려는 아이를 의사는 아프지 않다고 애써 달래 보았지만 허사였습니다.

"꼬마 아가씨, 조금도 안 아플테니까 걱정하지마. 정말 하나도 안 아프다고…."

그러나 아이는 막무가내였습니다.

"아니예요. 우리 언니에게 지금과 같이 똑같은 말을 한 아저씨가 있었는데, 방에 들어간 언니가 '아야, 아이고 나 죽네.'라고 계속 소리를 질러댔단 말예요."

어떻게 소리를 질러요

어느덧 나이가 차서 남자를 보는 눈빛이 달라진 딸이 이웃집 청년에게 힘없이 당한 것을 안 어머니가 딸을 꾸짖고 있었습니다.

"넌 손이 없니, 발이 없니? 그냥 당하고만 있었어?"

"무지막지한 남자의 힘을 어떻게 당해요?"

"입은 뒀다 어따 쓰려구. 큰 소리로 사람들을 부르면 될 것 아니니!”

"엄마도 참… 난, 뭐 소리를 안 지르고 싶어서 그랬는 줄 알아
요? 그때 남자의 혀가 입 속에 들어와 있는데, 어떻게 소리를 질
러요."

사랑을 나누고 있는 중입니다

교통법규 위반 차량 단속에 열을 올리고 있던 교통순경이 어느
날, 한강변에서 불법 주차된 차를 발견했습니다.

이것을 목격하고 그냥 지나칠 리 없는 단속 순경이 문제의 자
동차 뒷좌석을 회중 전등으로 비춰 보았습니다.

그런데 뒷좌석에는 남녀가 서로 끌어안고 정신없이 사랑을 나
누고 있었습니다.

순경이 당황해 하며 말했습니다.

순경 : 당신들, 여기서 뭐하는 거요?

남자 : 마누라와 사랑을 나누고 있는 중이요!

순경 : 죄송합니다. 전 상대 여자가 부인인 줄 몰랐습니다.

남자 : 괜찮습니다. 당신이 전등을 비추기 전까진 나도 몰랐으
니까요.

화장실 변기

한 젊은이가 해변을 걷고 있다가 파도에 씻기고 있는 낡은 램프를 발견했습니다.

그것을 주워 모래를 털어내고 물로 깨끗이 닦아내자 '펑' 소리와 함께 보랏빛 연기 속에서 요정이 나타났습니다.

"나는 램프의 요정입니다. 당신에게 두 가지 소원을 들어드리겠습니다."

깜짝 놀란 젊은이는 잠시 후 정신을 차리고 두 가지 소원을 말했습니다.

"두 가지 소원이라? 그렇다면 한 가지는 내 물건이 항상 단단해져 있는 것이고, 다른 한 가지는 세상 여자들의 엉덩이를 갖는 것입니다."

"소원대로 해주겠습니다."

그러자 '펑' 소리와 함께 젊은이는 여자 화장실 변기로 변했습니다.

제가 진짜 교수형이지요

흉악범들이 수용되어 있는 바다 한가운데에 자리잡고 있는 천연 감옥. 그 바다엔 식인 상어가 득실거리고 있기 때문에 탈출이란 거의 불가능한 곳이었습니다.

이런 감옥에서 죄수와 간수가 변함 없는 지루한 생활을 하고 있는 어느 날이었습니다.

간수가 그 죄수에게 편지를 전달했습니다. 편지를 읽은 죄수는 펄쩍펄쩍 뛰면서

"야호! 나 교수형이야, 교수형!"

이라며 기뻐했습니다.

이런 그를 어이없게 바라보고 있던 간수가 물었습니다.

"자네, 참말로 이상하군. 교수형이 무엇인지 알고 있는가? 교수형에 집행되는 것이 그렇게 기뻐?"

"에이 참! 간수님도, 머리가 그렇게 형광등입니까. 내일이면 제 동생이 교수가 되는 날이거든요. 그러니깐 제가 진짜 교수형이지요."

"……?"

허무한 첫 경험

은혜는 오늘 처음으로 경험했습니다.

넓지도 않고 크지도 않은 아담한 실내에서, 평소 존경하던 그 사람에게 마음의 전부를 주었습니다. 설레임과 두려움으로 맞이한 그 일, 그러나 막상 행위를 치른 직후에는 아무 생각도 나지 않았습니다.

'마음의 준비를 다하지 못한 것은 아닐까. 어른이 된다는 게 이런 것일까.'

하얀색 위에 빨갛게 얼룩져 있던 동그란 그 흔적이 자꾸 생각났습니다. 은혜는 혹시 실수한 게 아닐까 하는 생각도 해보았지만, 이왕에 한 일이니 후회는 하지 않기로 했습니다.

그녀는 자신이 올바른 선택을 했다고 믿었습니다. 언니들도 20살 때 그런 경험을 했다지 않는가. 은혜는 이제 더 이상 어린애가 아니라고 생각했습니다.

하지만 그토록 기대해 왔는데, 단 한 번으로 끝나버리다니….
은혜는 마음 한켠으로 밀려드는 허무감을 끝내 떨쳐버릴 수가 없었습니다.

은혜는 한숨을 푹 내쉬었습니다.

"아, 투표란 이런 것일까!"

호화 저택 벽난로는 저리 가라네

술보다도 여자, 도박보다도 여자와 함께 있는 재미에 사는 막일꾼이 오늘도 허리가 휠 정도로 일을 해서 번 돈으로 여자가 있는 유흥 술집을 찾았습니다.

그는 술집 여자와 함께 여관에 가 숏타임을 뛰기 전, 여자의 깊은 곳을 어루만지며 이렇게 말했습니다.

"야, 이 곳은 호화 저택의 벽난로 저리 가라구나."

"아니 뭐예요? 내 것이 그렇게 크단 말이에요?"

"그게 아니라, 내가 매일 죽어라 하고 버는 돈을 모두 이놈이 다 삼켜버리니 말야."

배를 타면 멀미하거든

신혼부부가 첫날밤을 보내게 되었습니다. 그런데 신부가 신랑을 보니 정체 모를 알약을 먹는 게 아닌가. 신부가 무슨 약인지 궁금해 물었습니다.

"어머, 강장제예요?"

"아니."

"알겠어요. 남성용 피임약이죠."

"천만에."

"그럼 뭐예요?"

"난 배를 타면 멀미하거든."

그거 다행이군

바람둥이 남자가 혼인을 빙자하여 사귀는 여자를 데리고 호텔에 갔습니다.

한 차례 재미를 본 다음 남자가 물었습니다.

"니네 부모는 완고하다는데, 벌써부터 아기가 생기면 어떡하지?"

"자살해 버리지 뭐."

그러자 남자가 쌩긋 웃으며 하는 말,
"그래? 그거 다행이군. 그럼 한 번 더 할까?"

작은 것은 허물이 아니래요

신혼여행 첫날밤, 호텔 욕실 안의 신랑과 신부.

신랑의 앞부분을 보고 수줍은 신부가 눈을 감았습니다. 그러자 신랑이 신부를 다독거리며 말했습니다.

"그렇게 부끄러워하지 말아요. 남자 것은 다 그렇지, 뭐."

그러자 신부는 입술을 삐죽이며 말했습니다.

"난 다 알고 있다구요. 엄마가 그러는데 신랑의 물건이 작은 것은 허물이 아니니 눈감아주라고요."

피 임약 먹은 암탉 다 나와!

어떤 양계장에서 병아리 부화용 달걀을 팔고 있었습니다. 그런데 하루는 한 아주머니가 찾아와 달걀 속에서 오리 새끼가 나왔다고 주인한테 따졌습니다. 그러자 화가 난 주인은 닭장으로 달려가 닭들을 향해 소리쳤습니다.

"오리하고 한 암탉, 앞으로 나와!"

그런데 또 다른 손님이 찾아와 노른자가 두 개여서 부화가 안 되는 게 있다고 항의했습니다.

열 받은 주인이 닭장으로 달려가 닭들을 향해 말했습니다.

"두 탕 뛴 암탉, 앞으로 나와!"

이렇게 해서 주인의 손에 두 마리가 죽자, 암탉들은 회의를 하여 증거를 안 남기고 밤일을 하기로 결정했습니다.

며칠 후, 이번에는 손님들이 떼거리로 몰려와 모든 달걀에 노른자가 없다고 생난리였습니다. 이에 열 받은 주인이 닭장으로 달려가 입에 게거품을 물고 하는 말,

"피임약 먹은 암탉 다 나와!"

그날 이후부터 그 양계장에서는 달걀 생산이 끊겼다는 얘기입니다.

왕편을 가져 오너라

아버지와 아들 삼형제가 달력을 보면서 심각하게 이야기를 주고받고 있었습니다.

먼저 막내가 입을 열었습니다.

"월, 화, 수, 목, 김金, 토"

이어 둘째가 말했습니다.

"멍청하긴. 그건 김이 아니라 금이야, 금. 내가 읽어볼테니 잘 들어봐. 월, 화, 수, 목, 금, 사士."

라며 흐뭇한 표정을 지었습니다.

그러자 첫째가 이렇게 설명했습니다.

"이런 바보들. 그건 사가 아닌 토土야. 내가 제대로 읽을테니 들어봐. 월, 화, 수, 목, 금, 왈曰."

이런 모습을 지켜보던 아버지가 답답하다며 야단을 쳤습니다.

"첫째야! 한자 실력이 모두 왜 그 모양이냐? 얼른 건넌방에 가서 왕王편(옥편玉篇)을 가져 오너라."

맛있는 수프를 왜 버렸을까?

꽤나 잘 생긴 노총각이 시골을 여행하게 되었습니다. 얼마쯤 가다가 심한 갈증을 느낀 젊은이는 어느 농부의 집에 물을 얻어 먹으러 들어갔습니다. 그러나 집안에 있는 사람은 나이 스물 살도 안 된 아가씨 혼자뿐이었습니다.

젊은이가 집안을 다시 유심히 살펴보았으나 다른 사람의 기척이라고는 전혀 없었습니다.

물론 아가씨는 아직 순진해서 남녀의 관계에 대해 전혀 모르는 형편이었습니다.

'아니, 이렇게 순진한 아가씨가 아직 대한민국에 남아있다니, 천연기념물이다!'

이에 젊은이는 좋은 기회라 쾌재를 부르며 물을 얻어 마신 다음 수작을 걸었습니다.

"아가씨, 얼굴빛이 조금 이상한데 혹시 무슨 병이 있는 거 아닙니까?"

"아뇨, 병은 없는데요."

"뭔가 심상치 않은 얼굴빛입니다."

"아저씨가 어떻게 알아요?"

"제가 한의사 자격을 딴 사람입니다. 아무래도 에볼라 바이러스에 감염된 것 같아요."

"예? 텔레비전 뉴스에 나왔던, 아프리카의 그 무서운 병 말인가요?"

"으음, 그래요. 어디 진맥이나 한 번 짚어봅시다."

"그렇게 하세요."

아가씨는 얼굴까지 붉히며 손을 내밀었습니다. 내미는 손을 잡고 진맥을 하는 척하던 젊은이가,

"지금 아가씨의 몸 속에는 고름이 가득 차 있어요."

하고 엄포를 놓았습니다.

그러자 아가씨의 얼굴은 금방 겁에 질렸습니다.

"지금 당장 고치지 않으면 목숨이 위태로워요."

젊은이의 말에 완전히 맛이 간 아가씨는 매달렸습니다.

"어머, 어떡해. 빨리 저 좀 구해 주세요."

"그렇다면 내가 시키는 대로 해야 됩니다."

"네, 뭐든지 할게요. 제발…"

젊은이는 아가씨를 방으로 데리고 들어가 옷을 모두 벗도록 했습니다. 아직 남녀의 그 일을 모르는 아가씨는 자신의 아랫도리를 꿰뚫는 아픔도 치료하기 때문이라 생각하며 꾹 참았습니다.

드디어 오르가즘에 도달한 젊은이는 정액을 준비한 그릇에 쏟아냈습니다. 그리고는 능청을 떨었습니다.

"이렇게 많은 고름이 몸 속에 있는데, 어찌 무사할 수 있겠어요."

"이제 다 나왔나요?"

"아직 남았을 겁니다."

"그럼 마저 빼주세요."

"좋아요."

젊은이는 싫증이 날 때까지 음탕한 짓을 한 다음 그 집을 떠났

습니다.

저녁 때가 되자 아가씨의 부모가 들일을 끝내고 집으로 돌아왔습니다.

아가씨는 즉시 그릇에 담긴 고름을 보여주며 낮에 있었던 일을 자세히 말해 주었습니다.

그러자 아버지가 그릇에 담긴 내용물을 자세히 보니 고름이 아니고 남자의 정액이 아닌가. 화가 난 아버지는 딸을 심하게 꾸짖고 그릇을 힘껏 대문 밖으로 던져버렸습니다.

때마침 그 곳을 지나가던 이웃집 할머니가 그릇을 발견하고 얼른 집어들었습니다. 할머니는 그 안에 들어 있는 것을 보더니 말했습니다.

"오매, 아까운 거. 맛있는 수프를 왜 버렸을까!"

수녀의 참회

젊은 수녀가 원장 수녀를 찾아가 말했습니다.

"원장님, 어제 저녁에 정원을 산책하다가 낯선 사내에게 겁탈을 당했습니다. 저에게 참회의 기회를 주세요."

그러자 원장 수녀는 수녀에게 떫은 감 다섯 개를 먹으라고 했습니다.

"그렇게 하는 것만으로 제 몸의 사악함이 씻어질까요, 원장님?"

"그렇진 않아요. 하지만 그걸 다 먹으면 수녀님의 그 만족한 듯한 표정은 사라질 거예요."

뽕가재?

경상도 어느 두메 산골에 아버지와 어머니, 그리고 두 아들이 가난하게 살고 있었습니다.

어느 날, 저녁밥을 먹은 가족은 일찌감치 잠자리에 들었습니다. 아이들은 별로 졸리지 않았지만 아버지가 억지로 재우는 바람에 잠을 청할 수밖에 없었습니다.

방이 하나뿐이어서 모두 함께 잤는데, 남편은 생각이 날 때면 꼭 아이들을 먼저 재우기 때문에 아내는 미리 눈치를 채고 잔뜩 기대하고 있었습니다.

그리고 얼마나 시간이 흘렀을까. 아이들이 잠들었겠지 하는 생각에 남편은 아내의 배 위로 서둘러 올라갔습니다.

한참 끙끙대던 남편이 숨가쁘게 말했습니다.

"니 뽕가쟤?"

아래에 있는 아내의 대답.

"택도 없어예…."

남편은 더욱 열심히 작업을 계속했습니다.

"니 진짜 뽕가쟤?"

"아직 멀었어예…."

남편은 더더욱 작업을 열심히 했습니다.

"니 인자는 진짜로 뽕가쟤?"

"조금만 더 해 주이소!"

남편은 젖먹던 힘까지 다해 작업을 계속했습니다.

"어떻노? 뽕가쟤?"

"아직 멀었십니더…."

갑자기 작은아들이 벌떡 일어났습니다.

"어무이, 인자 고만 뽕간다 하이소. 그라다 정말 아부지 잡겠십니더!"

그러자 뒤에서 잠자던 큰아들이 작은아들의 머리통을 때리면서 말했습니다.

"이노무 시키야, 대가리 치라. 니 때매 화면 안 보인다카이!"

야그 2

자연의 이치

자연의 이치

그 물건이 유달리 거대한 사람이 있었는데, 자기 집에 자주 드나드는 화장품 외판원 여자에게 눈독을 들이고 기회를 엿보고 있었습니다.

그러던 어느 날, 마침 아내가 외출한 사이에 그 화장품 외판원 여자가 찾아왔습니다. 이 기회를 놓치지 않고 여자를 유혹하여 일을 벌였습니다. 그런데 사내의 물건이 너무 커서 일이 순조롭게 되지 않았습니다.

여자는 야구 방망이를 들이미는 것 같은 격렬한 통증에 즐거움은 고사하고 고통을 이기지 못해 엉엉 울며 화장품 가방마저 버리고 도망쳐 나왔습니다.

여자는 여러 날을 몸조리하여 겨우 상처가 아물자, 그 집을 다시 찾았습니다.

"아니, 어쩌다가 화장품 가방을 두고 갔어요?"

"…"

화장품 외판원 여자는 흘끔흘끔 그의 아내를 훔쳐보며 연신 웃음을 참고 있을 뿐 얼른 입을 열지 않았습니다. 그러자 그의 아내가 답답하다는 듯 말했습니다.

"아니, 왜 그렇게 흘끔흘끔 쳐다보며 웃음을 참고 있는 거죠?"

"네, 좀 그럴 만한 일이 있었어요. 사실대로 얘기해도 문제 삼지 않는다면 가르쳐 줄 수 있어요."

"그럴께요. 대체 무슨 일이기에 그러세요?"

"실은 지난번에 마침 댁의 남편이 혼자 집에 계셨는데, 제가 화장품을 팔러 온 일이 있었어요. 그때 댁의 남편이 간곡히 그걸 하자고 하길래 뿌리치기도 뭐해서 응했지 뭐예요. 그런데 댁의 남편의 그게 너무 커서 내 것에 큰 상처만 나고, 결국 못하고 말았어요. 그 일이 있고부터는 댁이 매일매일 얼마나 고통에 시달릴까 하는 생각이 드는 거예요. 그래서 웃음이 절로 나온 겁니다."

"호호. 아줌마도 뭘 모르시네."

"예?"

"우린 열세 살 때부터 그 일을 해 온 사이라구요. 그 때 그 작은 것이 나이가 들수록 점점 커진 것 뿐이에요. 남자 것이 커지는 것처럼 여자 것도 넓어지는 게 자연의 이치가 아닌가요?"

그걸 믿었던 게 잘못이었어

젊은 새댁이 여자들만 모여 있는 장소에 모습을 나타냈습니다. 여자들이 새댁을 보니 눈언저리에 파랗게 멍이 들어있었습니다.

"어머! 누가 그런 짓을 했지?"

"우리 그 이가 때렸어."

"아니 너의 신랑은 출장 중이라 하지 않았어?"

"그걸 믿었던 게 잘못이었지."

바지 단추

세계 1차대전 때 독일의 미녀 스파이로 맹 활약을 한 마타하리가 형장으로 끌려나왔습니다. 12명의 병사가 일제히 그녀에게 총을 겨누었습니다.

그러자 그녀는 알몸으로 탄환을 받고 싶다고 했습니다. 자기의 중요한 육체를 보여줌으로써 병사들의 초점을 흐리게 하자는 최후의 간계가 숨어있었습니다. 그러나, 그녀는

"쏴아!"

하는 호령이 떨어지기도 전에 쓰러져 죽어버렸습니다.

한 병사의 바지 단추가 그녀의 이마를 명중시킨 것이 원인이었습니다.

ㄱ 여자가 바로 저였어요

만삭이 된 임산부가 급하게 분만실로 올라가기 위해 엘리베이터를 탔습니다. 그렇지만 그녀는 분만실에 도착하기도 전에 엘리베이터에서 아기를 낳고 말았습니다.

얼마 후 그녀는 의사와 간호사 보기가 민망스러워 얼굴을 들지 못하고 계속 울기만 하는 것이었습니다. 그러자 의사가 따뜻한 말로 산모를 위로했습니다.

"부인, 울지 마세요. 몇 년 전 부인보다 더 급하게 아기를 낳은 아주머니를 봤답니다. 그녀는 엘리베이터가 아닌 수위실 앞에서 아기를 낳았거든요."

의사의 이야기를 들은 산모는 더더욱 슬피 울면서 의사에게 이렇게 말했습니다.

"의사 선생님, 몇 년 전의 그 여자가 바로 저였어요."

추운 데서 보초만 섰잖아!

남자 물건을 보면 긴 놈 밑에 방울이 두 개 달려있습니다. 긴 놈이 방울이에게 말했습니다.

"오늘 심심한데 여자한테 놀러가자."

"난 싫어!"

방울이 안 가겠다고 심통을 부리자, 왜 안 가겠다고 하느냐고 물었습니다.

방울이 축 늘어진 모습으로 대답했습니다.

"뭐, 너를 따라가 보았자, 나만 손해야. 너는 따뜻한 동굴 속에 들어가서 실컷 뜀박질을 하고 놀다가 흰죽을 식혀서 저희들 끼리 먹고 나오는데, 나는 그때까지 추운데서 늘 보초만 서고 있잖아."

그러자 긴 놈이 다정하게 말했습니다.

"야, 방울아! 친구를 밖에 세워놓고서 걱정되니까, 내가 내다보고 들어가고, 들어갔다가 다시 나오지 않니?"

"······!"

방울이는 긴 놈을 따라 나섰습니다.

나 어떡해

오렌지족에 야타족까지 졸업한 수준급 바람둥이가 보람된 일을 한 번쯤 해보려고 경찰관이 되었습니다.

하지만 그가 소속된 경찰서의 여순경들이 피해를 보게 되었습니다. 기회가 있을 때마다 자극적인 경험담을 늘어놓는가 하면 야근 땐 노골적으로 접근하고, 퇴근하고 나서는 외제 승용차를 타고 '야타'를 외쳤기 때문이었습니다.

성희롱이 사회문제가 되고 있는 이 시점에 더 이상 방치해서는 안 되겠다고 뜻을 모은 여경들이 그에게 복수를 하기로 의견을 모았습니다.

1주일이 지난 후, 여경들은 강당에 모여 복수를 위한 작전회의를 열었습니다.

첫 번째 여경이 말했습니다.

"난 그의 수첩을 훔쳤어. 그 때문에 지난번 가택수색 때 신분증이 없어 주거침입죄로 곤욕을 치르기도 했거든. 아유 고소해."

이어서 두 번째 여경이 말을 이었습니다.

"난 그놈의 권총 없애버렸어. 그래서 며칠 전 조직폭력배 소탕때 쩔쩔매다가 결국 놓쳐버렸지. 그 일로 일계급 강등되었거든."

세 번째 여경이 말했습니다. 그녀는 경찰서에서 가장 못 생긴 여경이었습니다.

"난 그의 서랍에 들어 있는 콘돔에 모조리 구멍을 뚫어 버렸어. 아마 지금쯤 그 친구 애인은…"

"어머, 나 어떡해!"

그 애기가 끝나기도 전에 그 자리에 모여 있던 나머지 여경들은 모두 기절해 버리고 말았습니다.

다섯 손가락

칠십 먹은 노인이 스무 살 처녀와 결혼을 했습니다.

그들은 열정의 섬 하와이로 신혼여행을 떠나 마침내 첫날밤을 맞이하게 되었습니다. 노인은 나이를 잊은 듯 저녁식사 때부터 점점 분위기를 띄웠습니다.

밤이 깊자 노인과 신부는 샤워를 하고 침대에 나란히 누웠습니다. 신부의 가슴을 애무하던 노신랑이 갑자기 신부를 향해 다섯 손가락을 힘차게 '쫙!' 펴보였습니다. 그러자 신부는 기쁨을 감추지 못하고 소리쳤습니다.

"어머! 다섯 번씩이나?"

그러자 노신랑은 미소를 띠며 조용히 입을 열었습니다.

"아니, 다섯 손가락 중에 한 손가락을 고르라고!"

나 쉬 다했어!

한 쌍의 남녀가 한강의 야경을 바라보며 드라이브를 즐기고 있었습니다.

2시간 가량 지났을 때. 여자가 먼저 무리한 요구를 했습니다. 남자는 완강히 거부했습니다. 하지만 여자는 막무가내였습니다. 할 수 없이 남자는 허락했습니다.

일단 차들이 별로 지나다니지 않는 변두리에 차를 세우고 그녀를 다리 밑으로 데리고 갔습니다.

어둠침침한 다리 밑에서 남자는 어색한 듯한 엉거주춤한 자세로 여자의 하의를 벗기기 시작했습니다.

남자는 마지막 한 가지만 남긴 채 돌아섰습니다. 여자는 자기 손으로 남은 한 꺼풀을 스스럼없이 내렸습니다.

한동안의 정적이 흐른 후, 여자가 말했습니다.

"아빠, 나 쉬 다했어!"

공용주차장

가족들이 저녁식사를 끝내고 대화를 나누고 있을 때 철 모르는 막내가 물었습니다.

"아빠껀 어떤 거야?"

그러자 아빠가 말했습니다.

"그랜저."

다시 막내가 엄마에게 물었습니다.

"그럼 엄마껀?"

엄마가 대답습니다.

"그랜저 주차장."

마지막으로 막내가 누나에게 물었습니다.

"누나껀 뭐야?"

"공용주차장."

땅콩 팔아서 번 돈

꿈에도 그리던 신혼여행, 마침내 호텔에서 황홀한 첫날밤을 보내게 되었습니다.

새 신부가 먼저 욕실로 들어가며 신랑에게 당부했습니다.

"절대로 제 핸드백을 열어보지 마세요."

"걱정하지 말아요."

그런데 신부가 욕실로 들어가고 나자 자꾸만 호기심이 발동하는 것이었습니다. 참다못해 핸드백을 열어보니 그 안에는 돈 50만 원과 땅콩알 세 개가 들어있었습니다.

마침내 신부가 분홍색 타월로 아랫도리를 가리고 나오자 신랑이 물었습니다.

"웬 땅콩을 핸드백 속에 넣어 가지고 다녀요?"

신부는 머뭇거리다 얼굴을 붉히면서 고백했습니다.

"열어보셨군요. 그렇다면 모든 걸 밝히겠어요. 그 땅콩의 갯수는 그 동안 제가 남자와 관계한 숫자입니다."

"세 알, 그렇다면 세 번이라. 뭐, 괜찮아요. 우린 이제 결혼한 사이니까. 그냥 덮어 두기로 하겠어. 그런데 50만 원이란 돈은 뭐야?"

"그건 제가 땅콩을 팔아서 번 돈이에요."

결국 신랑은 졸도해서 죽고, 신부는 청상과부가 되었습니다.

큰일났다. 대마도다

임진왜란 때 일본의 유명한 장군 스메끼리가 이순신 장군에게 크게 패해 분노하고 있었습니다.

그는 어떻게 해서든지 복수를 해야 분이 풀릴 것 같아서 고심을 거듭한 끝에 작전 묘책을 떠올리고 하루는 자신의 군사들을 불러놓고 말했습니다.

"우리가 야밤에 조선으로 쳐들어가서 조선의 여자들을 마음껏 취하자!"

이 말에 군사들의 사기는 하늘 높이 치솟았습니다. 그래서 그들 수십만 왜군은 작전 명령이 하달되기를 목 빠지게 기다리고 있었습니다.

드디어 전투를 알리는 출전의 밤이 되었습니다. 왜장과 수십만의 군사들은 하늘을 찌를 듯한 기세로 수영을 해서 단 두 시간 만에 조선 땅에 도착했습니다.

스메끼리 장군은 군사들에게 지시했습니다.

"나의 지시가 있을 때까지 모두들 기다려라!"

병졸 몇 명을 풀어 정탐을 해보니 아무런 문제가 없을 것 같았습니다.

왜장은 용감하게 명령했습니다.

"지금부터 닥치는 대로 여자를 즐겨라!"

군사들은 신이 나서 밤새도록 그 짓을 벌였습니다.

그런데 잠 한숨 자지 않고 그렇게 밤을 보낸 후, 새벽에 왜장이 잔뜩 굳어진 얼굴로 이렇게 말하는 것이었습니다.

"큰일났다. 여긴 대마도다."

잘 빨어!

프랑스 창녀들이 정기적으로 에이즈 검사를 받는데, 어느 날 창녀들이 보건소 앞에 길게 줄을 서 있는 것을 보고 지나가던 할머니가 무슨 줄이냐고 물었습니다.

창녀는 나이 많은 할머니에게 말하기가 민망해서 사탕을 주는 줄이라고 말해 버렸습니다. 그 말을 듣고 할머니도 뒷줄에 섰습니다.

나중에 할머니 차례가 되자 약을 나눠주던 보건소 직원이,

"할머니 여긴 왜 왔습니까?"

하고 물었습니다.

그러자 할머니가 하는 말,

"내가 이빨이 없어 씹진 못해도 잘 빨어!"

결국 나를 임신시켰네

신혼부부가 함께 건강이 안 좋은 것 같아서 병원을 찾아갔는데, 종합검진을 받던 중에 소변이 급해진 남편이 화장실을 다녀왔습니다.

그런데 다음은 소변검사였습니다. 의사가 작은 컵을 주면서 소변을 받아오라고 했습니다.

하지만 남편은 방금 일을 보고 난 뒤였지만, 다시 화장실에 가서 아무리 소변을 보려고 해도 나오지 않는 것이었습니다. 하는수 없이 밖으로 나오다 보니 아내가 여자 화장실에서 소변을 한컵 받아가지고 나오는 중이었습니다.

"이봐. 그 컵 이리 줘, 소변이 넘쳐서 손에 묻겠어. 내가 가지고 갈게."

그리고는 아내 몰래 그 소변을 자기 컵에 나누어 검사실 의사에게 전달했습니다.

며칠 후 검사결과를 알아보기 위해 남편은 혼자 병원을 찾았습니다. 그러자 간호사 아가씨가 심상치 않은 표정으로 말하는 것이었습니다.

"아저씨, 큰일났어요. 아저씨가 임신 3개월이라는 진단이 나왔는데, 어떻게 하실 거예요"

그런데 남편의 대답이 걸작이었습니다.

"내 그럴 줄 알았어. 그 놈의 여편네가 할 때마다 위에 올라가서 하더니만, 결국 나를 임신시켜 버렸군."

한 달에 한 개면 충분

20대 남자가 약국에 들어와 콘돔을 9개 달라고 했습니다.

약사가 물었습니다.

"왜 아홉 개나 필요하죠?"

"평일엔 한 개씩, 주말에는 두 개씩 쓰거든요."

잠시 후 30대 남자가 와서 5개를 달라고 했습니다. 약사는 또 그 이유를 물었습니다.

"평일에는 하나씩 쓰고 주말엔 쉬지요."

그런데 얼마 지나지 않아 50대 남자가 들어와 12개를 달라고 했습니다. 약사는 깜짝 놀랐습니다.

"어떻게 열두 개씩이나?"

"1월부터 12월까지 한 달에 한 개씩, 그거면 충분하니까요."

50만 원을 달라구?

매력적인 젊은 여자가 혼자 술집에 앉아있었습니다.

한 젊은이가 다가와서 말했습니다.

"실례합니다. 한 잔 드려도 되겠습니까?"

그러자 여자는 소리를 빽 질렀습니다.

"뭐, 여관에 가자구요?"

"잘못 들으셨군요. 저는 부담없이 술 한 잔 사드릴까 하고 물었는데요."

"그러니까, 여관에 같이 가자는 말이죠?"

여자는 격렬하게 흥분한 듯 큰소리로 외쳤습니다. 당황한 젊은이는 구석으로 물러났고, 술집 안에 있던 사람들은 청년을 쏘아보았습니다.

잠시 후 그 여자가 청년이 있는 자리로 다가왔습니다.

"소란을 피워서 정말 죄송해요. 실은 제가 심리학을 전공하거든요. 예기치 않은 상황을 맞았을 때 인간이 어떻게 행동하는가를 연구하고 있는 중이랍니다."

그러자 젊은이는 여자를 보면서 소리를 버럭 질렀다.

"뭐라구? 50만 원을 달라구?"

키워서 먹어야

어느 조그만 섬에 두 남자가 표류하여 왔습니다. 그 섬은 먹을 것이라곤 전혀 없는, 사람이 도저히 살 수 없는 황폐한 곳이었습니다.

며칠을 굶고 지내다가 도저히 참을 수 없자, 그들은 자신의 신체 중에 가장 쓸모 없는 부분(?)을 떼어먹기로 했습니다. 그런데 한 남자가 막 쓸모 없는 그 부분을 자르려고 하는데, 갑자기 다른 남자가 이렇게 외치는 것이었습니다.

"이 바보야, 키워서 먹어야 더 많잖어."

자동차 가족

어느 날 아이가 아버지에게 물었습니다.

"아빠, 아빠 물건하고 내 물건은 왜 틀려?"

"내 아들이 이젠 다 컸구나. 예를 들면 티코와 그랜저의 차이란다."

아이가 엄마에게 그 얘기를 해주자,

"그랜저면 뭐해. 터널만 들어가면 시동이 꺼지는데."

그러자 이해를 못한 아이가 다시 엄마 얘기를 아빠에게 전했습

니다. 그러자 아빠가 비웃듯

"1호 터널에선 시동이 꺼져도 2호 터널에선 쌩쌩 달린단다."

또 이해를 못한 아이는 엄마에게 가서 아빠의 얘기를 전하자,
엄마가 크게 웃으며

"내 그럴 줄 알고 뉴그랜저를 뽑았지."

라고 말했습니다.

아이는 이제 알아듣지도 못하는 얘기를 듣는 게 귀찮은 듯 목
욕탕에 들어가서 티코를 세차했습니다.

그럼 빼!

갓 결혼한 신혼부부가 드디어 첫날밤을 맞아 그 일을 하고 있
었습니다. 신랑이 고백하고 싶은 말이 있는데, 지금 해도 되느냐
고 신부에게 물었습니다. 아내는 사랑에 찬 눈으로 기꺼이 허락했
습니다.

"당신이 첫 여자가 아니야. 다른 여자가 있었어."

아내는 이해할 수 있다는 표정으로 젊을 때는 누구나 한 번쯤
은 그럴 수 있다며 웃어보였습니다. 신랑은 신부의 고운 마음씨에
감탄을 했습니다. 그래서 더욱 솔직히 말했습니다.

"한 명이 아니야, 열 명은 될 걸!"

그러자 신부가 하는 말,

"그럼, 빼!"

그래서 어떻게 됐소?

아내가 작은 옷가게를 운영하고, 남편이 집안 살림을 도맡아 하는 부부가 있었습니다.

어느 날 아내가 얼굴이 새파랗게 질린 표정으로 집에 들어왔습니다.

"무슨 일이 있었어?"

"하마터면 큰일 날 뻔했어요."

"교통사고라도?"

"아니예요. 글쎄, 옷가게에 강도가 들어왔지 뭐예요."

"저런!"

"그런데 날더러 몸을 내놓을 테냐, 아니면 돈을 내놓을 테냐? 협박하는 거예요."

"그래서?"

"돈이 아깝기는 했지만, 당신 때문에 하루 번 것을 몽땅 내주었죠."

"차라리 강도에게 몸을 내주고 그 돈을 나한테 주었으면 좋았을 걸…."

스승의 대답

세상의 일에 대해서 모르는 것이 없다는 스승 밑에 두 제자가 있었습니다.

하루는 두 제자가 짜고 잘난 체하는 스승을 골려주기로 했습니다.

한 제자가 달려와 스승에게 말했습니다.

"스승님, 큰일났습니다."

"웬 호들갑이냐?"

"호들갑이라니요. 삼각산이 무너졌다니까요?"

"내 그럴 줄 알았다. 산이 너무 뾰죽하더라니."

그러자 제자는 혀를 깨물며 말했습니다.

"사실은 제가 꾸며낸 거짓말이었어요."

그러자 스승은 표정 하나 변하지 않고 담담하게 대답했습니다.

"그러면 그렇지. 바위로 된 산이 무너질 리가 있나."

원 섬머 나잇 스탠드

일요일 오후, 병태가 비디오테이프를 빌리기 위해 가게에 갔습니다. 병태를 본 가게주인은 따뜻한 미소를 띠우며 조용히 말을 걸었습니다.

"오늘 정말 재미있는 따끈따끈한 비디오가 들어왔어."

"어떤 것인데요?"

"응, '누나의 광란'이야."

"재밌겠네, 그걸로 주세요."

비디오테이프를 잽싸게 받아쥔 병태는 집으로 돌아와 재생기계에 넣었습니다. 그런데 이게 웬일인가. 그 테이프는 '시스터 액트'였던 것입니다. 화가 난 병태는 비디오가게로 찾아가 따져 물었습니다.

"아저씨, 거시기가 아니잖아요. 돈 다시 돌려주세요."

당황한 가게주인은 또다시 웃으면서 말했습니다.

"실은, 최근에 히트 친 좋은 것이 있어."

"이젠 안 속아요, 빨리 돈이나 돌려주세요."

"이 사람아 진짜라니까."

"제목이 뭐예요."

"음, '한여름 밤의 발기'야."

"그래요? 그럼, 그것으로 주세요."

한껏 기대에 부푼 병태는 집으로 돌아와 비디오테이프를 재생기계에 넣었습니다. 그는 화면이 나오는 순간 그만 기절하고 말았습니다. 화면엔 다음과 같은 제목이 나왔습니다.

"원 섬머 나잇 스탠드one summer night stand"

내 얼굴의 상처가 안 보이냐?

축구공, 럭비공, 야구공이 모여서 서로 힘 자랑을 하고 있었습니다. 한참 동안 입씨름을 하던 중 축구공이 말했습니다.

"내가 몸집이 제일 크니까, 당연히 힘이 제일 세지."

그러자 럭비공이 이렇게 반문했습니다.

"이봐, 내가 제일 특이하게 생겼잖아. 그리고 어디로 튈지 모르지. 그래서 내가 힘이 센 거야."

축구공과 럭비공의 말을 가만히 듣고 있던 야구공이 목에 힘을 주며 한마디 던졌습니다.

"웃기고들 있네. 니들 내 얼굴에 있는 상처가 안 보이냐?"

간통죄가 무죄인 이유

간통죄가 폐지되기 전, 간통죄로 고소 당한 여자가 재판정에 서게 되었습니다.

간통하게 된 경위를 검사가 물었습니다.

"어떻게 남편 아닌 외간 남자와…?"

"갖고 있는 걸 뻔히 알고 달라는데 안 줄 수 있나요?"

"그렇군요. 없는 것도 만들어 달라는 험한 세상인데."

마침내 판결을 내리기 전, 판사가 여인에게 물었습니다.

"마지막으로 하고 싶은 말은 없습니까?"

"개인 물건을 왜 나라에서 관리하는 거죠?"

"아차, 그렇군요. 자본주의 국가에서는 절대로 있을 수 없는 일입니다."

이렇게 해서 간통죄로 고소 당했던 여인은 무죄로 재판정을 사뿐사뿐 걸어나왔습니다.

처벌 달게 받겠어요

철규가 의무경찰로 복무하고 있었습니다.

하루는 철규가 교통 단속을 하고 있는데, 한 아가씨가 과속으로 달리고 있는 것이 그의 예민한 레이더에 잡혔습니다.

철규는 그녀를 붙잡고 농담 삼아 말했습니다.

"아가씨, 난 그렇게 나쁜 놈이 아닙니다. 저 숲속에 가서 사랑을 한 번 나누면 당신의 위반 사실에 대한 대가를 치른 것으로 간주하겠습니다."

그러자 그녀는 놀랍게도 이와 같은 거래를 흔쾌히 받아들이는 것이었습니다.

일을 끝낸 후 아가씨는 무척 만족해 하며 철규에게 자랑스럽게 말했습니다.

"이봐요, 순경 아저씨! 고백할 게 또 있어요. 조금 전 과속으로 잡히기 전에 신호등을 두 번 위반했고, 언덕에서는 중앙선도 침범했답니다. 당신이 아직 힘이 있다면, 이 모든 위반 대가를 치를 준비가 돼 있어요."

양띠 선물

　뇌물을 밝히기로 소문난 직장 상사의 생일날이었습니다. 부하 직원들은 생일 선물을 고심하다가 그가 소띠이기 때문에 황금 소를 만들어 선물했습니다. 그는 흡족해 하면서 한마디 덧붙여 말했습니다.

　"선물 고맙습니다. 앞으로 이주일 후면 우리 집사람 생일인데 양띠라는 것을 참고하세요."

늑대다

이솝 우화에 나오는 양치기 소년의 뒷이야기입니다.

거짓말을 하다가 마을 사람들에게 맞아 죽을 뻔했던 양치기 소년이 용서를 받고 다시 양치기를 하게 되었습니다. 그는 다시는 거짓말을 하지 않기로 굳게 마음을 먹고 열심히 양을 치고 있던 어느 날 오후였습니다.

갑자기 양치기 소년의 머리 위로 비행기 4대가 지나갔습니다. 양치기 소년은 그 모습이 너무나 멋있어서 소리쳤습니다.

그 이후로 이 마을에서 다시는 양치기 소년을 볼 수가 없었습니다. 사실 그는 경상도 사투리가 심한 아이였습니다. 그가 그 때 비행기를 보고 외친 소리는 이랬습니다.

"늑(넉)대다!"

2층에서 떨어져 봐라

서울 변두리 극장에서 상영하는 진한 에로영화를 보기 위해 아베크족 한 쌍이 그 곳으로 향했습니다.

이들은 길이 막혀 버스가 늦게 도착하는 바람에 영화는 이미 시작되고 있었습니다. 이들은 다른 사람들의 관람에 방해가 되지 않으려고 조심스럽게 자리를 찾고 있었습니다. 겨우 자리를 찾았지만, 이미 어떤 남자가 앉아있었습니다. 그것도 자신의 몸을 더듬으며 이상한 신음소리까지 내고 있었습니다.

이 광경을 목격한 여자는 당황해 했고, 여자의 남자 친구는 그 남자에게 벌컥 화를 내며 쏘아붙였습니다.

"이봐요, 남의 자리에서 뭐하는 것입니까?"

이 말을 들은 그 남자는 자신의 몸을 주무르면서 벌컥 화를 내며 소리쳤습니다.

"야, 너도 2층에서 떨어져 봐라. 어떤지."

홍보실

덕망이 매우 높은 한 상인이 죽게 되었을 때 앞으로 살 거처를 선택할 수 있도록 천당과 지옥을 둘러봐도 좋다는 허락을 받았습니다.

하지만 천당의 경건한 분위기 속에서 반복되는 기도와 설교가 별로 마음에 들지 않았습니다. 그것은 상인이 늘 하던 일상이었기 때문입니다.

그에 비해 지옥은 훨씬 좋았습니다. 잠시 살펴보니 자유롭게 마시고 춤추는 광경에 아름다운 여자들까지 있어 지옥을 택하기로 하였습니다.

하지만 막상 지옥으로 가보니 끓는 기름에 불가마 형벌의 고통으로 가득 차 있었습니다.

그만 상인은 울상이 되어서

"지난번의 그 지옥은 어디 있소?"

하고 물었습니다.

그러자 그를 따라왔던 악마가 묘한 웃음을 지으며, 이렇게 말하는 것이었습니다.

"그때 본 건 지옥의 홍보실이었소."

샌드위치에 코끼리를 끼워 먹든…

인천공항에서 한 외국인 남자가 덩치가 큰 코끼리 한 마리를 관세도 내지 않고 당당하게 끌고 가고 있었습니다.

코끼리의 양 귀구멍에는 빵이 한 조각씩 꽂혀 있었습니다. 그 광을 목격한 세관원이 그 사람을 불렀습니다.

"이보세요, 그쪽 양반! 당신은 왜 관세도 내지 않고 지나가는 거요?"

그러자 외국인 남자가 이렇게 말했습니다.

"나 원 참! 내가 샌드위치 빵에 햄을 끼워먹든 코끼리를 끼워 먹든 당신이 무슨 상관이요."

자네가 빨리 죽기를 원하는군

80살의 억만장자가 20세 처녀와 결혼식을 올렸습니다. 예식장에 찾아온 그 노인의 친구가 비결을 물었습니다.

"자네 재주가 비상하이. 아무리 돈이 많다고 하지만, 스무 살 짜리 처녀하고 결혼하다니 말이야. 도대체 그 비결이 뭔가?"

그러자 부자 노인은 친구에게 귓속말로 대답했다.

"난 저 애에게 100살이라고 거짓말을 했다네. 그랬더니 쉽게 넘어오더군."

"흠, 그렇다면 자네가 빨리 죽길 원하는군."

삼촌의 친구

삼촌이 친구에게 자기 조카를 자랑했습니다.

"이봐, 친구. 내 조카는 천재라네. 네 살 때 이미 한글을 다 뗐고, 다섯 살 때는 구구단을 외웠으며, 지금은 영어 공부에 열중하고 있다네. 이제 겨우 여섯 살이야."

삼촌 친구는 별 신통치 않다는 듯 시큰둥하게 말했습니다.

"너무 천재, 천재하지 말게나. 어릴 때 천재소리 듣는 아이 커서는 별볼일 없다는 것을 모르나."

잠자코 듣고 있던 어린 조카 녀석이 말했습니다.

"아저씨도 어릴 때 천재였나 봐요?"

이 말에 삼촌 친구는 반가워하며 눈을 크게 떴습니다.

"네가 그걸 어떻게 알았지? 뭐, 그건 사실이란다."

"삼촌이 그러는데, 아저씨는 별볼일 없었다고 했거든요."

"뭐라고?"

관을 썼으면

일자 모르는 무식한 양반이 관을 쓰고 뜰안을 거닐고 있을 때,
하인이 편지 한 장을 들고 오며
"훈장님, 이게 어디서 온 편지입니까?"
"나는 모른다."
"아니 관까지 쓰신 분이 이런 글자도 모른단 말이에요?"
그러자 무식한 양반은 관을 벗어 하인에게 주면서
"에따, 너나 쓰고 읽어보렴."

참 잘했어요

간호사 — 옷 벗으세요.
엘리베이터걸 — 빨리 올라타세요.
골프장 캐디 — (골프채) 잘 꽂아 넣으세요.
은행 여직원 — (저금) 웬만하면 빼지 마세요.
유치원 보모 — (더러워진 아이에게) 잘 닦아야지요.
초등학교 여교사 — 참 잘했어요.

처음에는 다 그런거야

아프리카 밀림에서 있었던 일입니다.

숫처녀 코끼리가 몸맵시를 자랑하면서 초원을 가다가 그만 사냥꾼이 쳐놓은 그물에 걸리고 말았습니다.

이 때 숫총각 생쥐가 그 곳을 지나가다 숫처녀 코끼리가 그물에 걸려 빠져 나오지 못하는 것을 발견했습니다.

생쥐는 내가 구해 줄테니 나에게 몸을 허락하라고 요구했습니다. 숫처녀 코끼리는 하는 수 없이 그러마 하고 약속을 했습니다.

생쥐는 그물을 끊어서 숫처녀 코끼리를 구했습니다.

약속대로 코끼리는 무릎을 꿇고 생쥐에게 순순히 몸을 맡겠습니다.

그런데 나무 위에서 원숭이가 이 광경을 보고 있자니 그 꼴이 너무 못마땅했습니다. 그래서 원숭이는 바나나를 따서 코끼리 엉덩이를 내려갈겼습니다.

그 바람에 코끼리가 아파서 '아야, 아야!' 소리를 내지르자, 생쥐가 하는 말,

"처음에는 다 그런거야."

오늘은 우유 두 개만 두고 가요

어느 신혼부부가 살고 있었습니다.

아내는 아침마다 남편에게 밥을 해주고, 남편은 그 밥을 맛있게 먹고 출근을 했습니다. 회사에 나갈 때, 남편은 아내에게 꼭 키스를 했습니다. 하루도 빼먹지 않고.

그러던 어느 날, 출근을 하던 남편이 깜빡 잊고 아내에게 키스를 하지 않은 것을 뒤늦게 알게 되었습니다.

그는 버스 정류장까지 갔다가 허겁지겁 다시 집으로 돌아왔습니다. 다행히 문이 열려 있어서 아내를 깜짝 놀라게 해줄 생각으로 살금살금 집안으로 들어갔습니다.

아내는 부엌에서 설거지를 하고 있었습니다.

남편은 조용히 뒤로 가서 아내를 껴안고 목에다 키스를 했습니다. 그러자 아내가 뒤도 안 돌아보고 이렇게 말하는 것이었습니다.

"오늘은 우유 두 개만 두고 가요."

남편은 지금 일본 출장 중

어느 금슬 좋은 부부가 있었습니다.

남편이 일본으로 출장을 가서 있었는데, 어느덧 3년이란 세월이 흘러 그들 부부는 감격스런 재회를 했습니다.

그들은 만나자마자 둘만의 오붓한 시간을 가지기로 하고, 어느 호텔을 예약한 뒤 저녁식사를 끝내고 호텔 방으로 와서 잠을 잤습니다.

그때, 어느 술 먹은 사내가 비틀비틀하며 그 호텔 방문을 발로 쾅 차고 지나갔습니다.

이 때 잠결에 남편이 이렇게 말했습니다.

"제기랄, 당신 남편인가 보군."

그러자 아내가 비몽사몽간에 하는 말,

"그럴 리 없어요. 남편은 지금 일본 출장 중이거든요."

첫 번째와 두 번째

어떤 부부가 건강 진단을 받기 위해 병원에 갔습니다. 의사는 남편을 먼저 진찰하고는 컨디션이 어떤지 물었습니다. 남편이 대답했습니다.

"한 가지 문제가 있습니다. 집사람과 첫 번째 부부 관계를 가질 때는 모든 게 괜찮았는데, 두 번째 관계를 가질 때는 땀을 많이 흘립니다."

의사는 다음으로 아내를 검사했습니다.

"바깥 남편 말씀이, 두 분이 첫 번째 관계를 가질 때는 아무 문제가 없었는데, 두 번째 관계를 가질 때는 남편께서 땀을 많이 흘리신다는군요. 그 이유를 아시겠습니까?"

그러자 아내가 대답했습니다.

"알구말구요! 첫 번째 관계를 가졌을 때는 12월이었고, 두 번째 관계를 가졌을 때는 8월이었거든요."

그년, 참 뻔번스럽네요

아파트에 사는 젊은 남자가 만삭인 아내와 관계를 하고 싶어 매일밤 아내에게 들이댔습니다.

이에 아내가 궁리 끝에 남편에게 돈을 주면서 달랬습니다.

"이번만큼은 내가 이해할테니, 창녀라도 찾아 해결해요."

남편은 그렇게 하겠다며 얼른 밖으로 나갔습니다. 하지만 그런 곳을 갔다 올려면 빨라도 1~2시간 정도의 시간이 걸리는데 무슨 까닭인지, 남편은 30분만에 되돌아 왔습니다.

궁금해진 아내가 물었습니다.

"왜 벌써 왔어요?"

그러자 남편은 만족한 표정으로 말했습니다.

"내려가다 보니까 아래층 양씨네 집 문이 열려 있지 뭐야. 마침 그 집 남편이 보이지 않아 여자에게 통사정을 했더니 말을 들어주더군. 일을 끝낸 후 5만 원을 주니까, 돈은 무슨 돈이냐며 3만 원을 거슬러 주길래 가지고 왔어. 자, 받어!"

그러자 아내가 화를 내면서 힐책하는 것이었습니다.

"당장 내려가서 그 여자한테 나머지 2만 원도 받아오세요. 나는 지난번에 당신이 출장 갔을 때, 그 집 남편과 자고도 돈 받지 않았거든요. 그 년, 참 뻔뻔스럽네요."

차례로 줄 서!

너무나 못 생긴 여자가 있었습니다. 그 여자는 성형외과에 가보았으나 견적도 나오지 않아 삶에 회의를 느끼고 있었습니다. 그러던 어느 날부터 여자는 이성에 눈을 뜨게 되었습니다. 하지만 주위의 남자들은 자신에게 눈독은 커녕 10미터 이내에도 접근하지 않았습니다.

그녀는 그런 자신의 신세를 비관한 나머지 63빌딩 꼭대기에 올라가 자살하기로 마음먹었습니다. 그리고 자살하기 전에 간절히 기도하는 것을 잊지 않았습니다.

"다음 세대에는 예쁘게 태어나게 해주세요."

그녀는 두 눈을 질끈 감고 공중에 몸을 날렸습니다.

그러나 저승에서도 싫어했는지, 그녀는 바나나를 가득 싣고 지나가던 트럭 위에 떨어져 생명을 구했습니다.

얼마 후 정신을 차린 그녀가 손가락으로 더듬어보니 남자의 그것이 잡히는 게 아닌가.

그래서 그녀는 기쁜 나머지 큰소리로 외쳤습니다.

"야, 이놈들아. 차례대로 줄 서!"

역시 단골은 그대로군

옛날 청량리 사창가 거리의 어떤 집에서 앵무새를 한 마리 길렀습니다.

그런데 그 집이 잘못되어 앵무새가 다른 곳으로 팔려가게 되었습니다.

한 소년이 그 앵무새를 집으로 가져왔습니다. 낯선 집에 들어서자 앵무새가 말했습니다.

"뭐야? 집이 바뀌었네!"

얼마 후에 소년의 어머니가 들어왔습니다. 어머니를 보더니 앵무새가 이상하다는 듯이 말했습니다.

"또 마담도 바뀌었네!"

뒤이어 누나가 들어왔습니다. 그러자 앵무새가 또 말했습니다.

"아가씨도 바뀌었잖아!"

그때 소년의 아버지가 들어왔습니다. 아버지를 보고 앵무새는 이렇게 말했습니다.

"음, 역시 단골은 그대로군."

노랭이의 노랭이

지독한 노랭이가 있었습니다.

그를 잘 아는 친구 둘이 이런 말을 주고받고 있었습니다.

"그 녀석도 노랭이지만, 그 아버지는 더했다면서? 그렇다면 그 녀석이 인색한 것은 단순히 유전에서 온 것일거야."

"뭘, 모르시는 말씀을 하시는군. 그 녀석 아버님이 어떤 노랭이였는데, 자식한데 그런 걸 물려줬겠어."

손빨래

어느 신혼부부가 신혼초부터 고민거리가 생겼습니다.

대가족 집안에서 생활하다보니까 보는 사람, 듣는 사람이 많아서 애정 표현을 하기가 힘들었습니다.

그래서 궁리 끝에 '부부 관계를 갖자'는 말을 '세탁기에 빨래 빨자'고 하는 암호를 사용하기로 했습니다.

그러던 어느 날 남편이 아내에게 퇴근하자마자,

"우리 세탁기로 빨래나 빨지?"

라고 말하니까, 아내가 대답했습니다.

"세탁기가 고장 났으니 오늘은 그냥 참아주세요."

왜냐 하면 그 동안 너무 지나치게 관계가 빈번하여 몸살 직전에 이르렀기 때문입니다.

남편은 풀이 죽은 얼굴로 방안으로 들어갔습니다.

부인이 부엌에서 일을 한참 하다가 생각하니 풀이 죽은 남편이 가엾어서 견딜 수가 없었습니다. 그래서 다시 방으로 들어와 다정한 목소리로 말했습니다.

"여보! 이제 세탁기 고쳤으니까, 이제 빨래해도 되요!"

그러자 남편이 퉁명스럽게 내뱉었습니다.

"빨래는 진작에 손으로 빨았다네!"

그러고는 신문만 보고 있더랍니다.

중이와 중삼

어떤 승려가 대중목욕탕에서 목욕을 하든 중 자기처럼 머리를
깎은 중학생에게 등을 밀어달라고 부탁했습니다.

"어이, 학생! 내 등 좀 밀어주게나."

그러자 중학생이 항의를 했습니다.

"아저씨가 누군데 내가 등을 밀어줘요?"

중이 대답했습니다.

"야, 이놈아! 누구긴 누구야, 중이지."

그러자 중학생이 가소롭다는 듯이 말했습니다.

"그러세요. 나는 중삼이거든요."

호떡값이 5백원 올랐어요

삼 남매를 둔 어떤 과부가 먹고 살기 위해 거리로 나와서 호떡 장사를 하게 되었습니다. 매섭게 차가운 바람이 불던 어느 겨울날 한 신사가 호떡을 사러왔습니다.

"호떡 하나에 얼마입니까?"

"천 원이에요."

이 말이 떨어지기가 무섭게 그 신사는 지갑에서 천 원짜리 한 장을 꺼내 과부에게 주고는 그냥 가려고 했습니다. 그러자 과부가 불렀습니다.

"아저씨, 호떡을 가져 가셔야지요."

"아뇨, 괜찮습니다."

신사는 이 말을 남긴 채 가버렸습니다. 과부는 '별 사람 다 있구나.'라며 무심코 지나쳤습니다.

그런데 이튿날 그 신사가 또 찾아와서 천 원을 놓고 그냥 갔습니다. 이 때부터 하루도 빠짐없이 매일 천 원을 놓고 갔습니다.

일 년이 지나고 크리스마스캐럴이 울려 퍼지며 함박눈이 소복이 쌓이던 어느 날, 그 날도 신사는 어김없이 찾아와 웃으며 천 원을 놓고 갔습니다. 그 때 과부는 중대한 결심을 한 듯 총총걸음으로 신사를 따라가 이렇게 말했습니다.

"저, 아저씨. 호떡값이 5백 원 올랐답니다.

똥 쌀 때 팬티 입고 싸냐?

강산에 눈이 하얗게 내린 추운 어느 겨울날, 꿩잡이 포수가 나뭇가지 앉아 있는 참새 한 마리를 발견했습니다. 순간 꿩 대신 참새라는 생각이 들어서 총을 겨냥했습니다.

그런데 막 방아쇠를 당기려는 순간에 참새가 똥을 찌익 내갈기는 게 아니겠습니까. 그 새똥은 감지 않은 포수의 한쪽 눈에 직격탄이 되어 명중했습니다.

포수는 흰눈을 한 움큼 집어 눈에 들어간 참새의 배설물을 닦으면서 욕설을 내뱉었습니다.

"야! 참새 새끼야! 너는 팬티도 안 입고 다니냐?"

그러자 참새가 되받아 물었습니다.

"야, 무식한 포수놈아! 너는 똥 쌀 때 팬티 입고 싸냐?"

야ㄱ 3

10년 만의 방문

10년 만의 방문

남극에 사는 펭귄이 북국에 사는 북극곰 집에 놀러가기 위해 출발했습니다. 그러나 거리가 너무 멀고 펭귄의 걸음속도가 느려 북극곰 집까지 무려 10년이 걸렸습니다.

마침내 펭귄은 북극곰 집으로 들어가기 위해 대문 앞에서 초인종을 눌렀습니다.

곧이어 대문이 열리고 곰이 나타났는데, 이렇게 말했습니다.

"누구시지요?"

이 말을 들은 펭귄은 오해를 했는데, 그 이유는 아버지 곰이 5년 전에 죽고 아들 곰이 나타났던 것입니다.

할머니가 처음 생각했던 것

　모처럼 떨어져 있던 가족들이 할아버지의 생일을 맞아 한 자리에 모였습니다.

　생일 잔치가 모두 끝난 그날 저녁, 할아버지는 손자손녀들의 재롱을 보면서 웃고 있었습니다. 이 때 초등학교 5학년인 큰 손녀가 할아버지에게 말했습니다.

　"할아버지 제가 수수께끼를 낼게요."

　그러자 할아버지는 웃으면서 흔쾌히 승낙했고 큰 손녀가 수수께끼를 냈습니다.

　"사람의 몸에 있고 타원형으로 생겼어요. 더구나 그 주변엔 털이 보송보송하게 나 있고, 가운데는 항상 축축하게 젖어있답니다. 그게 무엇일까요?"

　손녀의 말을 들은 할아버지는 갑자기 얼굴이 붉어지더니 계속해서 헛기침을 했습니다. 큰 며느리 또한 얼굴이 빨개지면서 어쩔 줄을 몰라했습니다. 이 때 큰 손녀는 자기의 눈을 가리키며 말했습니다.

　"그것도 모르세요, 할아버지. 눈이에요, 눈."

　손녀의 말에 온 집안 식구들은 안도의 숨을 쉬면서 한바탕 웃음바다가 되었습니다. 그러자 신이 난 큰 손녀는 할머니를 바라보면서 말했습니다.

　"사람 몸에 있고, 타원형으로 생겼어요. 더구나 그 주변엔 털이 보송보송하게 나 있고, 가운데는 항상 축축하게 젖어있답니다. 뭘까요?"

이에 할머니는 똑같은 것을 왜 두 번씩이나 묻느냐고 하자, 손녀는 슬금슬금 도망을 가면서 이렇게 말했습니다.

"'할머니가 처음 생각했던 것…'"

아침의 증거

"야, 일어나거라. 날이 밝았다."

주인이 머슴을 깨웠더니, 머슴 녀석이 발끈 대꾸했습니다.

"아직 날이 밝지도 않았는데, 왜 성화셔요, 성화가!"

"아니, 이 녀석 봐라. 임마, 내가 날이 밝았다면 밝은 거야. 내
몸에 확실히 느끼는 바 있으니까 장담하지."

"쥔나리, 몸에 느끼시다니요?"

"새벽이 되면, 이게 뻣뻣해지지."

머슴 녀석은 킬킬 코웃음치더니 말했습니다.

"그렇게 해서 날이 밝는다면, 난 어제 초저녁부터 벌써 날이 밝
았네요."

그건 내 사위야!

구멍가게를 하는 아버지와 딸이 있었습니다. 하루는 아버지가 밤에 잠을 자는데, 이상한 소리가 나길래 일어나 아래층으로 내려가 보았습니다. 그랬더니 자기 딸이 소시지로 자위를 하고 있는 게 아닌가.

아버지는 못 본 척하고 조용히 올라가 자던 잠을 잤습니다.

다음날 아침.

옆집 친구가 소시지를 사러 가게 안으로 들어왔습니다.

"소시지 하나만 줘."

"없어."

"없다구? 그럼 저기 있는 건 다 뭐야?"

"그건 내 사위야!"

이| 물건은 손잡이가 있네

옛날 어느 왕국에 시집 갈 나이가 다된 공주를 둔 임금이 있었습니다. 그런데 그 공주한테는 한 가지 심각한 문제가 있었습니다. 도무지 공주의 아래 사이즈에 맞는 신랑감을 구하기가 어려웠기 때문이었습니다.

한 해 두 해… 공주는 나이만 먹어가고 있었습니다. 공주를 노처녀로 늙어 죽일 수 없다고 생각한 임금은 마침내 전국에 방을 붙여 부마감을 공개 모집하기로 했습니다. 그 방의 내용은 이러했습니다.

「공주와 속궁합 치수가 맞는 자는 신분 여하를 막론하고 부마로 임명함은 물론, 다음 대의 임금으로 삼겠노라.」

당연히 전국 방방곡곡에서 내노라 하는 젊은이들이 왕궁으로 구름처럼 몰려들었습니다.

심사관들이 엄격한 기준으로 테스트를 하는데, 그 방법에는 눈으로 재는 목측目測과 실제 치수를 맞춰보는 실측 두 가지 방법이 있었습니다.

그런데 공주의 그것이 대단했는지 도무지 적당한 작자가 나타나지 않았습니다. 제 딴에는 그래도 어디 가서 밀리지 않는다고 자신하는 사람도 공주와 비교해 보면 한결같이 강물의 통통배만도 못하니 임금의 실망이 이만저만 아니었습니다.

지원자를 얼마나 심사했을까. 모두들 지쳐 떨어질 만큼의 시간이 지났을 무렵, 가사를 둘러입은 탁발승이 대회장에 입장했습니다. 심사관이 '너라구 별 수 있을려구' 생각하며 반신반의로 바지를 내렸더니 거기에는 이제껏 보지 못한 무지막지한 물건이 자리잡고 있었습니다.

공주는 치수만 맞으면 중인들 어떠랴 하고 드디어는 실측에 들어갔습니다. 그런데 그게 아니었습니다. 그 무지막지한 물건도 공주에게는 역부족이었습니다.

정말 이 세상에는 맞는 사람이 정말 없단 말인가 하고 임금과 공주가 땅이 꺼질 듯 한숨을 쉬고 있는데, 중이 꾀를 냈습니다. 이판사판 볼 것 없다는 식으로 웃통을 홀랑 벗더니 온몸을 무기 삼아 맹렬히 공주에게로 돌진했습니다. 마침내 공주의 입에서 만족하는 탄성의 소리가 터져 나왔습니다.

"아, 맞아요. 꼭 맞아요."

그러나 이 중은 적당히 사이즈만 맞추는데 끝내지 않고 더욱 속도를 내어 담금질을 계속했습니다.

임금과 신하 모두가 얼굴을 돌릴 즈음, 황홀경에 빠진 공주가 아랫도리를 더듬다가 무심코 중의 귀를 쥐더니 흔들면서 하는 말,

"야, 그런데 이 물건은 손잡이까지 있네."

약속 취소 소동

숫고양이 한 마리가 온 동네를 휘젓고 다니며 소란을 피웠습니다. 골목길을 뛰어내려가는가 하면 비상계단을 올라가기도 하고 지하실로 뛰어들어가기도 했습니다.

참다 못한 이웃사람이 고양이의 주인집 대문을 두드렸습니다.

"댁의 집 고양이가 미친 듯이 온 동네를 뛰어다니고 있어요."

그러자 주인이 대답했습니다.

"네, 알고 있습니다. 그 녀석을 거세했거든요. 그랬더니 여기저기 뛰어다니면서 약속을 취소하고 있는 중이에요."

안주는 통닭으로!

햇볕은 쨍쨍, 아지랑이가 아롱거리는 봄날 겨우내 움츠렸던 가슴을 펴고 어미닭이 병아리들을 데리고 봄소풍을 나섰습니다.

그런데 뒤따라 오던 병아리 한 마리가 촐랑거리면서 까불다가 발을 헛디디는 바람에 그만 막걸리통에 빠져 버렸습니다. 이를 발견한 어미닭이 황급히 달려가 막걸리통에서 허우적거리는 병아리를 탈출시켰습니다.

이 때 밖으로 나온 병아리가 혀 꼬부라진 소리로 삐약거리는 것이었습니다.

"안주는 통닭으로……!"

가재 콤플렉스

어느 과부가 하루는 산 속의 계곡에서 빨래를 하고 있었습니다. 그런데 물 속에 있던 가재가 보니, 과부의 치마 속 고쟁이 사이로 보기 좋은 구멍이 있는 것이었습니다. 그래서 그 곳으로 살금살금 기어들어갔습니다.

그렇지 않아도 남자가 그리운 과부인데, 하필 그곳에 가재가 들어가서 슬금슬금 유희하듯 기어다니니 미칠 것만 같았습니다. 때마침 나무하러 온 마을 총각을 유혹해서 욕정을 풀었습니다.

그런데 하필 가재가 남자의 그것을 사정없이 물어뜯어 버렸습니다. 이 총각, 얼마나 혼이 났겠습니까. 지게를 내동댕이친 채 마을로 줄행랑을 쳤던 것입니다.

나중에 이 총각이 결혼을 하게 되었습니다. 그런데 옛날의 그 사건 때문에 아내와 부부 관계를 갖지 못하는 것이었습니다.

그러자 결국 아내는 시어머니에게 하소연을 하기에 이르렀고, 시어머니는 아들을 불러 신신당부를 했습니다.

"아들아, 오늘밤도 그냥 넘기면 네 색시가 도망가 버리니까, 오늘 저녁에는 제발 그냥 넘기지 말아라."

색시가 도망 간다는 말에 총각은 마침내 합궁에 들어갔습니다. 그런데 아들 방에서 이런 소리가 흘러나오는 것이었습니다.

"어서 물어라. 물어!"

도둑업계의 대부

포도청으로부터 지명 수배된 당대 최고의 도둑놈이 금강산의 어느 작은 암자에 살고 있었습니다.

그는 나이도 많지만 불치병에 걸려 이승과 저승을 오락가락하고 있는 중이었습니다.

어느 날 슬픔에 울고 있는 아들에게 유언을 남겼습니다.

"내가 너에게 모든 재산을 물려주겠다."

"아버지! 언제 재산을 모으셨습니까?… 흑흑흑."

"이 애비 말을 잘 들어라. 옆 마을 이장 장롱 속 세 번째 서랍에 땅문서가 있느니라. 내가 그것을 너에게 물려주고 가마."

"아버지! 감사합니다. 역시 우리 아버지는 정말 진정한 도둑계의 대부이십니다."

부부 사이

아내와 한참 말다툼을 하던 남편이 아내에게 말했습니다.

"예부터 부부 사이를 하늘과 땅이라고 하지 않았소. 그러니 하늘이 땅 위에 있는 고로 내가 당신 위인건 당연하지."

하자, 아내도 지지 않고 대꾸했습니다.

"그렇다면 음양이라는 말은 무슨 의미인지 아세요? 당신은 양이니 내가 위지요."

"아니지, 건곤이라는 말이 있지 않나? 내가 위야."

"호호! 내외라는 말이 있는 걸 잊으셨군요. 저예요."

"여보, 남녀라는 것은 어떻소? 내가 위요."

"그도 그렇지만 자웅이라고도 하니, 결국은 제가 위 아닙니까?"

말하는 것마다 아내에게 꼬리를 잡히니 남편은 이제 할 말이 없어졌습니다.

그러자 남편은 좋은 생각이 난 듯 무릎을 탁 치며

"여보, 그래도 밤에는 내가 위 아니오? 이젠 항복하겠지?"

하니 아내가 슬며시 웃으며 속삭였습니다.

"그래도 흥분하면 제가…… 이젠 할 말이 없으시겠죠?"

몸과 마음

첩을 가진 남편과 오랜 만에 잠자리를 같이 한 아내가

"여보, 당신 건성으로 이러시죠?"

하고 아양을 떨었습니다.

"그게 무슨 소리야?"

"당신도 생각해 보아요. 몸은 여기 있지만 마음은 작은 집에 가 있지 않아요."

그러자 남편은 얼싸 좋다고 말했습니다.

"그러면 앞으로는 몸은 그쪽에다만 두고, 마음은 항상 당신한 테 두면 어떨까. 그래도 좋겠지?"

토란이 골았네

어느 집안의 과부 며느리가 몰래 외간 남자와 관계를 하려는 순간에 시아버지가 들이닥쳤습니다. 그래서 재빨리 남자를 마루 밑에 숨겨 놓았습니다.

그런데 과부가 시아버지 밥상을 챙겨 마루에서 시중을 들고 있다 보니, 마루 판자의 옹이가 빠져 나간 구멍을 통해서 속옷을 입지 않은 여인의 은밀한 부위가 마루밑 남자의 눈에 포착되었습니다. 일을 치르려는 순간에 갑자기 시아버지가 들이닥쳤으므로 속옷을 입을 겨를이 없었던 거였습니다.

그래서 마루밑 남자는 그 옹이 구멍을 통해서 일을 벌이기 시작했는데, 그 바람에 마루에 앉아 있던 며느리는 궁둥이를 움직일 수가 없으니까, 밥상 위의 반찬을 가리키며 "아버님! 이것 드세요. 저것 드세요." 하고 친절하게 밥시중을 들었습니다.

그런데 식사를 마친 시아버지의 숭늉을 가져 오기 위해 며느리가 일어서서 부엌으로 가고 나니까, 마루 위에 토란알 비슷한 것이 있지 뭐겠습니까.

그래서 시아버지가 젓가락으로 집으려는 순간 웬 액체가 솟구쳐 올라왔습니다. 그러자 시아버지 하는 말씀이.

"원, 토란이 골았구만!"

골_{동품}

늙은 골동품 가게 주인이 나이 어린 계집종을 치근덕거렸습니다. 참다못한 계집종이 주인 여자에게 일러바치자, 여자는 밤중에 몰래 계집종 방에 들어가 불을 끄고 누워 기다렸습니다.

그런 줄 모르는 주인이 살며시 들어와 더듬거리는 것을 주인 여자 쪽에서 꼭 붙잡고 늘어졌습니다.

한동안 열을 올리다가 주인은

"과연 우리 할망구보단 몇 백 배 낫구먼!"

하고 연신 지껄여댔습니다.

그러자 여자가 벌떡 일어나더니 소리를 꽥 질렀습니다.

"이놈의 영감태기야. 이렇게 값진 골동품도 못 알아보면서 무슨 장사를 한다는 거야!"

연중 무휴

"스님께서는 출가하신 지 그럭저럭 10년이 지나셨다고 들었는데, 지금도 간혹 여자 생각을 하십니까?"

"글쎄올시다…… 한 달에 서너 번은 생각이 나지요."

"허허. 서너 번이라, 역시 속세를 등진 결심이 대단하십니다."

"과찬이십니다. 그런데 한 번 생각이 났다 하면 한 열흘은 끊지 뭡니까, 나무아미타불."

마님에게 여쭤라

옛날 학문에만 빠져 지내는 선비가 살고 있었습니다.

그 날도 대청 마루에서 책을 읽고 있는데, 머슴이 숨가쁘게 달려왔습니다.

"서방님! 큰일 났습니다. 안채에 불이 났습니다."

이 말을 들은 선비는 귀찮다는 듯 이맛살을 찌푸리며 말했습니다.

"이놈아! 나더러 어쩌란 말이냐. 안채 마님한테 가서 말씀을 올려야지."

저 보고 그러는 거예요

화창한 봄날 세도가 당당한 집 아가씨가 잔뜩 모양을 내고 몸종을 데리고 봄나들이를 나갔습니다.

지나가던 젊은 녀석들이 예쁜 아가씨를 보자, 제가끔 한마디씩 던졌습니다.

"거참, 예쁘군."

그러자 아가씨는 그 소리를 얼른 알아듣지 못해 몸종에게,

"애, 저 사람들이 지금 뭐라고 했지?"

하고 반문하자, 몸종은

"아니예요. 아가씨! 저 보고 그러는 거예요."

노망든 새 신랑

어느 70대 노인이 50대 여자와 결혼했습니다. 첫날 밤에 그들은 각자의 방으로 들어갔습니다. 조금 후에 신랑이 신부의 침실문을 노크하면서 말했습니다.

신부는 신랑을 방으로 들어오게 하고 서로 사랑을 나눴습니다. 그리고 남편은 자기 방으로 돌아갔습니다.

한 시간 후에, 남편은 다시 신부의 침실문을 노크하면서 말했습니다.

"남편 노릇하러 왔소."

다시 한 번 신부는 신랑을 들어오게 하고 사랑을 나눴습니다. 그리고 남편은 다시 자기 방으로 돌아갔습니다.

두 시간 후에 남편이 신부의 침실문을 또 두드리면서 피곤한 듯이 말했습니다.

"남편 노릇하러 왔소."

"여보, 우린 벌써 두 번이나 사랑을 나눴잖아요. 피곤하지도 않으세요?"

하고 그의 신부가 말했습니다.

그러자 남편이 머리를 긁적거리며 말했습니다.

"미안하오, 여보. 나이 탓인지 몰라도 자꾸만 기억력이 없어지는 것 같구료."

파자마 끈

어느 부부가 인도 여행을 갔습니다. 여행 중 어느 날, 부인 혼자 길을 걷다가 땅꾼이 피리를 불자 바구니 속의 코브라가 머리를 쳐드는 광경을 보았습니다.

부인이 신기해서 땅꾼에게 물었습니다.

"코브라를 훈련시켰나요?"

"부인, 아닙니다. 순전히 이 마법의 피리 덕분입니다. 이 피리를 불면 어떤 것도 빳빳히 일어서지요. 한 번 보여드릴까요?"

땅꾼은 새끼토막을 땅바닥에 던지고 나서 피리를 불었습니다. 그러자 새끼토막이 딱딱한 막대기처럼 일어서는 것이 아닌가.

이 광경을 지켜보던 부인에게 문득 기가막힌 생각이 떠올랐습니다. 성 불능인 남편을 치료할 수 있는 묘안이 떠오른 것입니다. 부인은 즉시 거액을 주고 마법의 피리를 사가지고 호텔로 돌아왔습니다.

호텔에 돌아와보니 남편은 침대에서 한가롭게 자고 있었습니다. 부인은 서둘러 옷을 홀랑 벗고 침대 옆에 서서 피리를 불었습니다.

그러자 곧 남편이 덮고 있던 담요 한가운데가 뭉실뭉실 움직이더니 천막처럼 일어섰습니다. 부인은 기쁨의 탄성을 지르며 담요를 걷어 젖혔으나, 담요를 받치고 빳빳하게 일어선 것은 파자마의 끈이었습니다.

거긴 그대로

오랫동안 불교 신자로서 성심껏 기도해 온 불심이 깊은 남자가 있었습니다.

어느 날 그가 꿈을 꾸는데 관음보살이 나타나 말이 되었다가 사람으로 변신할 수 있는 명약의 제조법을 알려주었습니다.

반신반의하며 보살이 알려준 대로 약을 만들어 온몸에 발라보았더니 바르는 족족 말이 되는 것이었습니다.

"여보, 날 좀 봐! 내가 말이 됐어."

말이 되어 있는 그를 본 아내가 깜짝 놀라 외쳤습니다.

"아니, 그게 무슨 꼴이에요"

그는 '히힝' 하고 한 번 웃더니 말했습니다.

"걱정마, 다시 사람이 될 수 있으니까."

그리고 다시 약을 바르기 시작했습니다. 말 앞다리는 사람의 손으로, 말머리는 사람 얼굴이 그 다음에는 허벅지와 가슴이 차례로 사람의 것이 되어갔습니다. 그가 약을 뒷다리에 바르기 시작하자, 그의 아내가 그를 불렀습니다.

"여보, 그만 됐어요. 그대로 이리 오세요."

인디언 이름

인디언들은 자연이나 생활에 연관지어 길게 이름을 짓는 관습이 있습니다.

어느 날 인디언 아들이 엄마 인디언에게 물었습니다.

아들 : 엄마, 왜 큰형 이름이 호숫가의 달빛이야?

엄마 : 응 그건 엄마랑 아빠랑 달밤에 호숫가에서 사랑을 해서 형을 낳았기 때문이지.

아들 : 그럼 왜 작은형 이름은 광야의 별빛이야?

엄마 : (약간 짜증난 목소리로) 응, 그건 엄마와 아빠가 넓은 광야에서 사랑을 해서 형 이름이 그렇단다. 이제 엄마 바쁘니까 귀찮게 하지 말고 혼자 놀아라.

아들 : 엄마, 그럼 누나 이름은 왜 작은 오두막이야?

엄마 : 그건 엄마와 아빠가 오두막에서 사랑을 해서 낳았게 때문이야. 이제 됐냐? 이 찢어진 콘돔아.

안 하니만 못한 말

장인 댁에 처음 가는 사위에게, 그의 친구가 걱정이 되어 도움말을 주었습니다. 답답하리 만큼 말이 없는 사나이였기 때문입니다.

"처음 가서 아무 말이 없으면 멍청하다고 핀잔을 들을 테니, 무슨 말이든지 좀 하고 넘어가게."

"알았네."

하고 대답은 시원하게 했지만, 막상 장인 댁에 가서 절 한 번 한 뒤엔 할 말을 찾지 못하고 그저 꿀먹은 벙어리로 멍청히 장인 얼굴을 마주보며, 마실 것과 먹을 것만 받아먹고 앉아있었습니다.

그래도 무슨 말을 좀 해야겠다는 생각이 들어서, 이젠 그만 자리를 뜨려 할 즈음에 한 마디 꺼낸다는 말이,

"장인 어른, 한 아름이나 되는 큰 도요새를 혹시 보신 일이 있으십니까?"

어렵게 사위가 입을 열자, 장인 영감이 기뻐서

"허허, 그렇게 큰 도요새는 못 보았네."

했더니, 사위가 뒤를 이어 말했습니다.

"저도 아직 못 보았구먼요."

소^변

간밤에 만취한 남편이 소변이 마렵다고 일어나서 나갔는데, 날이 훤히 밝았는데도 잠자리로 돌아오질 않았습니다.

새벽잠을 깬 마누라가 염려하여 나가보니, 남편은 마루끝에서 오줌을 누는 자세로 서 있었습니다.

"여보, 뭘 하시는 거예요?"

"오줌이 멎질 않는구려."

마누라가 나가서 귀를 기울여보니, 과연 졸졸 소리가 났습니다.

"아니, 이 양반이! 이 소린 물받이 홈통에서 떨어지는 빗물 소리예요."

위기 모면

부자가 모두 홀아비인 가정에 새며느리가 들어왔습니다. 팥죽을 좋아하는 며느리가 어느 날 시아버지에게 팥죽을 쑤어먹자고 했습니다. 시아버지도 팥죽을 무척 좋아했으므로 귀가 솔깃했습니다.

팥죽이 다 되어 냄새를 솔솔 피우자, 시아버지는 군침이 돌아 견딜 수가 없었습니다. 며느리와 시아버지는 서로 어떻게 하면 저 팥죽을 실컷 먹을까 궁리를 했습니다.

며느리는 시아버지 앞이라 어려웠고, 시아버지는 며느리 앞에서 체면을 잃을까 고민이었습니다.

그런데 며느리가 물을 길러 밖으로 나가는 것이었습니다. 시아버지는 절호의 기회가 왔다 싶어 팥죽을 한 바가지 퍼들고 뒤뜰로 가서 뜨거운 것도 모르고 훌훌 불어가며 열심히 퍼먹었습니다. 며느리가 돌아와보니 시아버지가 보이질 않았습니다.

며느리도 이 때가 절호의 기회다 싶어 팥죽을 한 양푼 퍼들고 뒤뜰로 갔습니다.

그런데 아뿔싸! 시아버지가 죽을 마구 퍼먹고 계시는 것이 아닌가? 그러자 꾀 많은 며느리,

"아버님, 죽 더 드세요."

그 죽을 시아버지 바가지에 퍼부어 드리고 사라졌습니다.

나 먼저 죽여라

본처와 첩이 싸움을 벌였습니다. 남편은 첩을 사랑하는 터이지만, 일부러 딴청을 떨며

"이렇게 풍파만 일으킨다면 숫제 너를 죽여야겠다."

하고 첩을 책망했습니다. 첩이 자기 방으로 도망쳐 들어가자 남편이 그 뒤를 칼을 들고 쫓아갔습니다.

본처는 틀림없이 첩을 죽일 것이라 생각하고 뒤를 따라가 보았습니다.

그런데 죽이기는커녕 오히려 열렬하게 뒤얽혀 있었습니다.

그러자 본처가 소리를 버럭 질렀습니다.

"그렇게 죽인다면 날 먼저 죽여라!"

노래가 자랑인 남편

밤이 깊었습니다. 누군가가 크게 노래를 부르며 걸어왔습니다. 남편인가 하고 문을 열고 내다봤으나 노래를 부른 사람은 그냥 지나가 버렸습니다.

"저렇게 닮은 목소리도 있을까?"

아내는 고개를 갸우뚱거리며 문을 닫고 들어왔는데, 조금 있으니 남편이 왔습니다.

"좀 전에 노래를 부르며 지나가는 사람이 당신인 줄 알고 나가 봤더니, 그냥 지나가더군요."

"그게 나였소. 노래가 끝나지 않았기에 저 아래 골목까지 가면서 다 부르고 돌아왔지."

새로운 해석

검술사인 남편이 아내와 밀통하는 현장을 덮쳐 사내를 잡았습니다. 두말 할 것도 없이 이것은 현행범이요, 이런 경우에 살생권이 주어져 있다 싶이한 시대였으므로 남편이 칼을 빼어 대나무 쪼개듯 간부의 머리 위를 내리쳤습니다.

"저도 죽이세요!"

사색이 되어 지켜보던 아내가 악을 썼는데, 남편 뒤를 따라 자결도 하는 것이 무사의 아내이고 보면, 이 또한 있을 수 있는 일이었습니다.

"그럴 수는 없어."

"기왕에 잘못된 인생이니 부디 자비를 베푸시어 이 몸도 함께 죽여 주시와요!"

아내가 두 손을 맞비비며 같이 죽여 달라고 간청했습니다.

"자비를 베풀라고? 그건 안 되지, 안 돼!"

"아니, 왜요?"

"저승까지 가서 짝짓게 할 순 없어……."

임꺽정 도끼

한 골동품 수집가가 전라도의 어느 산골 마을을 지나는데, 노인이 나무를 패는 것을 보고 물었습니다.

"영감님, 굉장히 오래 된 도끼를 가지고 계시는군요?"

"그렇소. 이 도끼는 굉장히 오래 된 도끼요. 한때는 임꺽정이 사용했던 도끼이기도 하지."

"그렇습니까? 그렇게 오래 된 것 같지는 않은데요."

"오래 되긴 되었소. 임꺽정이 사용하였으나 그 동안 자루를 네 번이나 바꿨고, 도끼머리를 두 번이나 바꿨단 말이오. 아시겠소?"

"……?"

명품 도둑

평생을 도둑질로 늙어온 한 사내가 너무 늙어서 이제는 도둑질을 계속할 수 없게 되었습니다. 이 말을 전해 들은 한 부자가 그를 가엾이 여겨 식량을 보내주었습니다.

얼마 후 부자와 도둑은 같은 날 세상을 떠났습니다.

저승에 가자, 그 부자가 먼저 하늘의 심판을 받았습니다.

그는 지옥행이었습니다. 그가 저승의 길목인 물가에서 이르렀을 때 천사가 황급히 따라와서 그를 불렀습니다.

천사를 따라 다시 심판장 앞으로 나간 그는 판결이 취소되었다는 것을 알았습니다. 이승에서 그의 도움을 받은 도둑이 부자의 죄상이 기록된 문서를 훔쳐버린 것이었습니다.

통째로 빤 빨래

봉이 김선달이 한양에 와서 거리 구경을 하다가 밤이 깊었는데 하필이면 순라꾼과 마주치게 되었습니다.

순라군이란 옛날에 도둑이나 화재를 경계하기 위해 봄과 여름에는 오후 여덟 시, 가을과 겨울에는 오후 일곱 시부터 성 안으로 사람의 출입을 막고, 거리를 순찰하는 군사를 말합니다.

당시에 늦게 거리를 헤매다가 이 순라군에게 들키면 곧장 관가로 잡혀갔습니다.

김선달은 얼른 몸을 숨기려 했으나 마땅한 곳이 없었습니다. 그는 엉겁결에 담 위로 올라가 두 손을 벌리고 엎드렸습니다.

순라군이 보니 담 위에 허연 것이 널려 있지 않은가.

"저게 뭐지?"

김선달이 숨을 죽인 채 아무 대꾸를 않자, 순라군이 큰 소리로 물었습니다.

"거기 누구요?"

"예, 이건 빨래입니다."

순라군은 사람 목소리에 흠칫 놀라며 눈을 크게 떴습니다.

"빨래라니? 웬 빨래가 그렇게 생겼소?"

"예, 하도 급해서 통째로 빨아 널어서 그렇습니다."

"????"

개 자랑

　사냥꾼들이 둘러앉아 저마다 자기의 개 자랑을 하고 있었습니다. 그들 중에 한 사냥꾼이 말했습니다.

　"우리 개는 얼마나 영리한지 달걀을 사러 보내면 상한 달걀은 가지고 오지 않는다오."

　그러자 다른 사냥꾼이 자랑을 늘어놓았습니다.

　"글쎄 말입니다. 우리 개는요, 담배를 사러 보내면 내가 좋아하는 담배가 아닌 것은 사오지 않지요. 또 녀석은 집에 와서 내가 담배를 피우라고 하지 않으면 절대로 담배를 피우지 않는단 말이오. 이 정도로 영리한 개를 본 적이 있습니까?"

　이들의 개자랑 이야기를 듣고 있던 노인이 말했습니다.

　"뭐 별것 아니군요. 내 동생의 개는 여러분들 개들이 물건을 사오는 그 가게를 운영하고 있습니다요."

시아버지와 며느리

시아버지의 상투를 매어 달라는 말에 부엌에 있는 새색시가 들어왔습니다.

그런데 시아버지 눈앞에서 상투를 매만지고 있는 며느리의 앞섶 사이로 젖가슴이 보였습니다.

꽃딸기처럼 이쁜 젖꼭지가 시아버지의 코끝에 다을락말락 어지럽혔습니다.

순간 시아버지는 자신도 모르는 사이에 그만 젖꼭지를 쪽 빨았습니다.

그런데 일이 얄궂게 되느라고 바로 그 순간에 아들 녀석이 방안으로 들어왔습니다.

"아버지, 무슨 짓이오? 어째 내 색시의 젖을 빠시오."

그러자 영감의 목소리가 높아졌습니다.

"야, 이녀석아! 넌 내 여편네의 젖을 4년이나 빨지 않았느냐. 그래, 내가 네 아내의 젖 겨우 한 번 빤걸 가지고 신경을 쓰냐, 안 그래?"

순진한 선비

어느 무더운 여름날 장터에 파장이 가까워 오는데도 닭을 몇 마리 팔지 못한 닭장수는 쪼그리고 앉아 잔뜩 인상을 쓰고 애꿎은 연초만 박박 피우고 있는데, 꼴에 선비랍시고 떨어진 넓은 갓을 쓰고 땟국이 흐르는 두루마기에 염소수염을 한 어수룩한 사람이 뚫어지게 장닭을 내려다보더니 대뜸

"이 닭값이 얼마요?"

라고 묻지 않고

"이게 뭐요?"

하고 물어 닭장수의 부아를 돋우는 것이었습니다.

할 말을 잃고 선비를 째려보던 닭장수가 이 선비를 놀릴 생각으로,

"봉황이요, 봉황!"

하고 냅다 고함을 질렀습니다.

그런데 이 촌선비 하는 말이

"이게 말로만 듣던 봉황이로구나."

선비는 허리를 숙여 장닭에 코가 닿을 듯이 살펴보더니

"이게 얼마요?"

하고 묻자, 옳다구나 하고 닭장수는 말 나오는 대로

"쉰 냥이요. 쉰 냥."

하고 소리 질렀습니다.

선비는 뒤돌아서서 허리춤을 풀고 만지작거리더니 쉰 냥을 닭

장수 손에 쥐어주고는 닭을 안고 유유히 사라졌습니다.

"우헤헤헤… 이게 웬 횡재냐!"

온종일 장사한 것보다 단 한 방에 더 많은 돈을 챙긴 닭장수는 입이 찢어졌습니다. 닭값의 열배도 더 받아 챙긴 것입니다.

'저런 미친놈이 하루에 한 놈만 걸려도 좋으련만….'

닭장수가 신이 나 선술집에서 막걸리 사발을 비우고 있을 때 고을 동헌에서는 희한한 일이 벌어지고 있었으니, 이방이 사또에게 다가가서,

"나리, 웬 미친놈이 수문장에게 떼를 쓰며 사또께 봉황을 올리겠다고 야단입니다."

"봉황?!"

사또의 눈이 휘둥그레졌습니다.

잠시 후 꾀죄죄한 선비가 보자기로 싼 봉황(?)을 들고 사또 앞에 섰습니다.

"그 속에 봉황이 들었단 말이냐."

"그러하옵니다. 불철주야로 우리 고을을 위해 애쓰시는 사또님께 드리려고…"

선비가 보자기를 풀자, 장닭이 사또를 우롱하듯이 훼를 치며 '꼬끼요' 하고 목청을 뽑았습니다.

"네 이놈! 이 사또를 농락하는 게냐. 여봐라, 저놈에게 곤장 스무 대를 쳐라."

"아니 사또 나리, 분명히 봉황이라 해서 사왔습니다."

선비가 봉황(?)을 사게 된 자초지종을 설명하자, 곧이어 닭장수가 잡혀왔습니다.

"네놈은 이 순진한 선비에게 닭을 봉황이라 속여 팔았겠다."

얼굴이 불콰해진 닭장수가

"사또 나리, 그게 아니옵고…."

선비가 닭장수의 설명을 가로챘습니다.

"소인이 아무리 본 데 없는 숙맥이라지만 닭 한 마리를 이백 냥이나 주고 살 턱이 있겠습니까?"

"뭐, 뭐, 뭐라고? 오십 냥을 받았지 내가 언제 이백 냥을 받았어?"

닭장수가 소리를 질렀지만, 이미 판세는 결정이 난 것이었습니다.

투자한 돈의 네 배인 이백 냥을 챙긴 선비는 동헌을 나와 휘파람을 불며 주막으로 향했고, 동헌에서는 철썩철썩 닭장수의 볼기 짝 맞는 소리가 바깥까지 들려왔습니다.

아버지처럼 생각하고

나이가 찬 여종이 훌쩍훌쩍 울고 있는 것을 본 생원이 그 사연을 물었습니다.

"다 큰 계집이 왜 울고 있느냐?"

"망측해서 말씀 올리지 못하겠사와요. 저 돌쇠란 녀석이……."

"그래, 돌쇠 녀석이 어쨌다는거냐? 날 아버지처럼 생각하고 숨김없이 말해 보거라."

"글쎄, 돌쇠 녀석이 소녀를 뒷동산으로 데리고 가서는……."

"이런 몹쓸 놈이 있나! 그래서 어찌 하더냐?"

"갑자기 소녀를 풀밭에 쓰러뜨리고……."

"껴안았단 말이냐?"

"아니옵니다. 더 심한 짓을 했사옵니다."

"그럼 치마 밑으로 손이라도 넣었다는거냐, 이렇게?"

"아니옵니다. 더 심한 짓이옵니다."

"으음, 그럼 속옷 속으로 이렇게 손을 쑤셔넣고 이렇게?"

"네……."

"그래서, 그래서 넌 어떻게 했지?"

그러자 종년은 돌연 생원의 뺨따귀를 불이 번쩍 나도록 올려붙이더니,

"이렇게 했사와요."

염라대왕

　어느 정신병원 1층에 입원하고 있는 환자가 창밖을 내다보며 뭔가를 고민하고 있었습니다.

　"아, 내 인생이 너무 괴롭다. 어서 빨리 죽고 싶다."

　2층에 입원하고 있는 환자가 그 말을 듣고 아래층에 대고 큰 소리로 외쳤습니다.

　"내 그런 줄 알고 널 데리러 왔다."

　그러자 1층 환자가 물었습니다.

　"댁은 누구요?"

　2층 환자가 대답했습니다.

　"나는 지옥의 사자니라."

　"뭐, 지옥의 사자? 그럼 염라대왕이 보냈단 말입니까?"

　"그렇다. 히히힛!"

　그때 3층 창문이 열리면서 누군가 소리쳤습니다.

　"난, 널 내려보낸 적이 없다."

계절별로 갈아 입거든요

어느 날 손오공이 명동의 속옷가게에 들러서 점원에게 말했습니다.

손오공 : 팬티 7장 주세요.

점원 : 어머, 손오공은 돈이 많나봐.

손오공 : 뭘요, 매일 하나씩 갈아 입어야 하잖아요.

점원 : 생긴 것만큼 깨끗하네.

잠시 후 손오공이 나가고 저팔계가 들어왔습니다.

저팔계 : 팬티 3장만 주세요.

점원 : 아까 손오공은 7장 사갔는데, 너는 3장만 사네.

저팔계 : 네. 전 이틀에 한 번씩 갈아 입거든요.

저팔계가 나가고 뒤를 이어 사오정이 들어왔습니다.

사오정 : 팬티 4장만 주세요.

점원 : 사오정이 저팔계보다 1장 더 사가는구나.

그러자 사오정은 눈에 힘을 주며 이렇게 말했습니다.

사오정 : 전 계절별로 갈아 입거든요.

오쟁이 지다

　남편은 매우 어리석고 아내는 약삭빨라서 남편 몰래 이웃 남자
와 정을 통한 지 이미 오래였습니다.

　하루는 이 어리석은 남편과 약삭빠른 처가 밭에서 김을 매고
있었는데, 이웃 마을에 사는 남자가 오쟁이를 지고 밭가에 서서
어리석은 남편에게 말하기를,

　"아무리 당신의 처이기는 하지만, 어찌 감히 밭 한가운데서 방
사房事를 하는가?"

　"우리는 그런 일을 한 적이 없는데, 어째서 그런 말을 하는가?"
라고 대답했습니다.

　"당신이 내 말을 믿지 못한다면 내가 당신을 대신하여 밭을 매
겠으니 시험 삼아 당신이 오쟁이를 지고 서서 보라. 과연 그런가,
그렇지 않은가?"

　이 말에 어리석은 남편은 오쟁이를 지고 서 있고, 이웃 남자는
어리석은 남편 앞에서 그의 처를 겁탈하니, 어리석은 남자는 웃으
면서 말하기를,

　"당신의 말이 맞구먼!"

　'오쟁이를 졌다.'라는 속담은 이 얘기에서 비롯한 것입니다.

오쟁이:
짚으로 만든 섬

이왕 씻을 거니까

일본에는 지금도 시골이나 산중에 있는 온천에 가면 아직도 남녀 혼욕의 풍습이 남아있습니다.

호젓한 온천장에서 한 사나이가 느긋하게 탕 속에 몸을 담그고 있는데 아름다운 여인이 들어왔습니다.

그녀는 조금도 스스럼없이 사나이가 있는 탕 속으로 들어왔습니다. 호젓한 탕 속의 남녀는 자연스럽게 뜨거운 시선을 주고받았습니다.

뜨거운 시선을 정면으로 받아넘기는 여인의 태도에서 용기를 얻은 그는 슬쩍 다가앉아 손을 뻗쳐서 여자의 넓적다리를 만졌습니다.

그래도 여자는 아무런 저항이 없었으므로 그는 크게 기뻐하며, 그녀가 욕실에서 나가는 걸 기다렸다가 뒤쫓아가서 소매를 끌었습니다.

그러자 그녀는 뜻밖에 쌀쌀한 태도로 사나이의 요구를 뿌리치자, 그는 화를 내며 따져 물었습니다.

"조금 전엔 왜 내가 하는 대로 가만히 있었잖아?"

그러자 여자는 코웃음을 치며 싸늘하게 대꾸했습니다.

"흥! 좋아하지 말아요! 어차피 씻을 거니까 그냥 내버려 뒀을 뿐이란 말이에요."

우리 말의 어원

우리 말 '씹'의 어원에 대하여.

세종대왕이 한글을 창제하시고 나서 집현전 학자들에게 모든 것을 우리말로 명명하라고 지시하시었습니다.

그래서 모든 것을 우리말로 명명했는데, 단지 여자의 그 곳만을 이름을 짓지 못하는 것이었습니다.

그래서 전전긍긍하던 차에 성삼문이 의견을 냈습니다.

"그 곳은 사람의 씨가 나오는 입구니까 씨앗 '종種'자와 입 '구口'자 해서 '종구'라고 합시다."

그래서 몇 달쯤 사용했는데, 세종대왕이 제동을 걸었습니다.

"허허허…… '종구'도 내내 한문 아니오. 순수한 우리말로 고치도록 하오!"

그러자 신숙주가 받았습니다.

"그건 참 쉽습니다. 사람의 씨가 나오는 입이니까, 그냥 '씨입'이라고 하면 좋을 것 같사옵니다."

그 '씨입'이 사람들의 입과 입을 거치면서 마침내 '씹'이 되었다고 합니다.

벼락과 간통한 아내

한 선비가 가까이서 부리는 여종과 통정하고자 아내가 깊이 잠들자 몰래 여종의 처소로 갔습니다.

하지만 번번이 그 속셈을 알고 있던 아내에게 뒤를 밟혀 만사가 틀어지는 바람에 욕심을 채우지 못하고 있었습니다.

그러던 어느 날 천둥이 치면서 비바람이 몰아치는 밤이 되자, 선비는 여종의 처소로 가는 척하면서 뒷간 옆에 숨어 동정을 살폈습니다.

그 날 역시 아내는 선비의 뒤를 밟았는데, 마침 천둥벼락이 바로 옆으로 떨어지는 바람에 아내는 혼비백산하여 정신을 거의 잃었습니다. 선비는 이때다 싶어 아내를 덮쳐 욕심을 채우고는 방에 돌아와 코를 골며 자는 척하였습니다.

반쯤 넋이 나간 아내가 방에 들어와 자는 남편을 툭툭 치며 말했습니다.

"벼락도 숫놈이 있나봐요."

이에 선비가 대답하기를

"어찌 벼락이라고 숫놈이 없겠소?"

하고 말했습니다. 아내는 그 말을 듣고 탄식하며

"어이구, 이 일을 어찌할까……."

하고 한탄해 마지않으며, 다시는 여종의 처소로 가는 남편의 뒤를 밟지 않았다 합니다.

사위의 힘자랑

옛날 충주 지방에 사는 한 젊은이가 경상도 땅으로 장가를 갔습니다.

첫날밤에 장모가 술상을 차려 신방에 넣어주고는, 이튿날 아침 자고 나온 사위에게 의례적인 인사말로 어젯밤 넣어준 술상이 보잘것 없었지만 먹고 잤느냐며 다음과 같이 말했습니다.

"어젯밤 넣어준 것(보잘것 없는 것) 좀 하고 잤는가?"

이 말에서 '넣어준 것'이란 첫날밤의 술상을 두고 하는 말로서 '별로 잘 차리지 않은 음식'이란 뜻으로, 경상도 지역에서는 겸손하게 자기 것을 낮추어 하는 말로 쓰이는 사투리였습니다.

하지만, 이 말을 충주 지방에서 간 사위는 다르게 이해할 수밖에 없었습니다. '넣어준 것'이란 말은 '보잘것 없이 생긴 내 딸, 즉 신부'로 알아들었고, '좀 하고'는 '밤새 잠자리를 몇 번 했나'로 알아들은 것이었습니다. 그래서 사위는 머뭇거리다가 이렇게 대답했습니다.

"예, 장모님! 세 판을 하고 잤습니다."

즉, 밤새 신부와 세 번 잠자리 한 것을 그대로 말한 것이었는데, 장모는 사위가 매우 어리석어 말귀를 못 알아들은 것으로 여기고 언짢아했습니다. 그래서 장모는 고개를 돌리고 혼잣말로 중얼거렸습니다.

"저 사람이 우리 돌금부보다 못하구먼."

이것은 사위가 집에서 일하는 '돌금부'라는 종보다 더 어리석다고 한 말이었는데, 이 소리를 들은 사위는 다른 뜻으로 알아들었던 것입니다.

즉, 밤새 세 번 했다는 말에 대해, 겨우 그것밖에 못했으니 정력이 너무 약해 돌금부보다 못하다고 꾸짖는 것으로 받아들인 것입니다.

그래서 사위는 화를 내면서 꿇어앉아 항의하듯 말했습니다.

"그 돌금부란 녀석이 어떤 영악한 놈인지 모르겠지만, 이 사위는 10여 일 동안 몇 백 리 길을 와서 지친 몸으로 짧은 밤에 내리 세 판을 했으면 장한 것이지, 그게 어찌 부족하단 말입니까?"

"으음… 그, 그렇구면…."

돈 많은 과부

음기가 무척 센, 돈 많은 과부가 있었습니다.

어떠한 남자와의 잠자리도 만족할 수 없었던 그녀는 결국 중대한 결단을 내리기에 이르렀습니다. 자신을 만족시켜 주면 결혼과 더불어 재산의 반을 넘겨주겠다고 주위에 광고를 한 것입니다.

그러자 인근 고을의 수많은 남자들이 응모했고, 어느 날 한자리에 모두 모였습니다. 그들은 30분에서 두 시간 동안 만족시켜 줄 수 있다면서 제각각 자신의 정력을 과시하는 데 여념이 없었습니다.

그러던 중, 한 남자가 3시간을 장담했습니다. 마침내 과부는 그 남자와 잠자리를 같이 하게 되었습니다.

그런데 그날 밤, 문제의 남자는 과부에게 흠씬 두들겨 맞고 쫓겨나고 말았습니다. 웬일인지 입술이 부르튼 과부가 한숨을 내쉬며 하는 말,

"무슨 남자가 세우는 데만 2시간 50분이 걸려?"

그 과부는 포기하지 않고 또 광고를 냈습니다. 그리고 변강쇠와 잠자리를 같이 하게 되었습니다.

그는 연달아 백 번 이상을 해줄 수 있다고 장담하여 선발되었던 것입니다.

변강쇠는 정말 대단했습니다. 95번을 넘기자 과부는 불안해지기 시작했습니다. 그와 결혼해서 살면 자신이 감당할 수 없을 것 같았고, 재산의 반을 넘겨 주기도 싫었기 때문입니다.

과부는 자꾸 횟수를 깎기 시작했습니다. 그러자 화가 난 변강쇠가 단호하게 말했습니다.

"좋아, 그럼 처음부터 다시 해!"

아깝다

어떤 바보가 결혼을 했습니다. 그렇지만 부부생활에 대한 지식이 전혀 없었기 때문에 장가든 지 한 달이 지나도록 아내와의 결합이 없었습니다.

기다리다 못한 아내가 하루는 바보를 자신의 배에 오르게 하고, 바보의 물건을 자신의 그 곳에다 집어넣었습니다. 그런데 절정의 순간에 바보가 아내에게,

"여보, 나 갑자기 오줌이 마려워. 오줌 좀 누고 와야겠어."

라고 말하는 게 아닙니까.

아내는 그 뜻을 알아차리고 바보에게 말했습니다.

"걱정 마시고 그냥 오줌을 누세요."

바보는 아내의 말에 순종했습니다.

그리고 열 달 후에 아내가 딸을 낳았습니다.

딸이 태어난 까닭을 전혀 알지 못하는 바보가 아내에게 물었습니다.

"이 아이는 대체 어떻게 태어났지?"

이 말에 아내는 기가 막혔지만, 그 이유를 알기 쉽게 설명해 주었습니다.

"왜 그날 밤에 당신이 오줌을 누지 않았어요?"

바보가 겨우 알아들은 듯 고개를 끄덕거렸습니다. 그런데 잠시 후, 바보가 한숨을 쉬더니 아내를 탓하며 이렇게 말하는 것이었습니다.

"오줌을 눠서 딸을 낳았다면, 똥을 눴더라면 아들을 낳았을 텐데, 왜 일찍이 말해 주지 않은 거요?"

엄마는 뭘 모르시네!

옛날 어느 시골의 선비가 사람은 좀 어리석어 보였으나 집안은 넉넉한 편이어서 행복하게 살고 있었습니다. 그런데 이 선비가 여색을 매우 밝혔습니다.

선비의 집에는 꽃다운 나이 16세의 한 여종이 있었는데, 이 여종은 어릴 때부터 안방마님이 꼭 끼고 살아 그 나이가 되도록 대문 밖에도 나가보지 않았으니 양갓집 규수와 다름 없었고, 얼굴 또한 매우 예뻤습니다.

그래서 선비는 늘 그 여종하고 사랑을 나눠보고 싶어 했으나, 잠시도 부인 곁을 떠나지 않아 뜻을 이루지 못하여 병이 날 지경에 이르렀습니다. 그러던 끝에 마침내 한 가지 계책을 생각해 냈습니다.

어느 날 친구인 박 의원을 찾아가서 자기의 속사정을 얘기하고 계책을 설명했습니다.

"내가 마치 병든 것처럼 누워 뒹굴테니 자네가 적당히 주선해 주면 좋겠네."

이에 의원이 쾌히 승낙하자, 선비는 기뻐하면서 집으로 돌아왔습니다.

며칠 후, 선비는 갑자기 몸이 아프다며 밤새 배를 잡고 나뒹구는 것이었습니다. 이에 놀란 집안 사람들이 자고 있는 아들의 방으로 달려가 어르신이 갑자기 복통을 일으켜 위중하다고 알렸습니다.

아들이 이에 놀라 달려와 병세를 살피니, 선비는 연신 앓는 소리를 내면서 말했습니다.

"애야, 내가 왜 이런지 모르겠구나. 온몸이 저리고 한기가 들어 견딜 수가 없구나."

아들은 곧바로 박 의원에게 달려가 상황을 설명하고 진맥을 요청했습니다. 이에 의원이 진맥을 하고 밖으로 나오자 초조한 마음으로 기다리던 아들은 뒤를 따라 와서 물었습니다.

"내가 수일 전 만났을 때는 아무 일도 없었는데, 어쩌다 이리 위중해졌는지 모르겠구먼. 노인의 맥박이 이래서야 나로서는 어찌할 방도가 없으니 다른 명의를 찾아가 의논해 보는 게 좋겠네."

이에 아들은 크게 놀라 의원의 손을 붙잡고 매달렸습니다.

"어르신보다 나은 의원이 어디 있습니까. 또 어르신만큼 저의 부친을 잘 아시는 분이 또 어디 있겠습니까? 부디 방도를 알려주십시오."

이에 의원은 한참 동안 생각에 잠기더니 이윽고 입을 열었습니다.

"어떤 약도 효험은 없을 것 같으나, 딱 한 가지 방도가 있기는 하네. 하지만 그것을 처방하기가 쉽지 않을 걸세. 또 잘못 쓰면 도리어 해가 되니 이게 걱정이구먼."

"어르신, 그 약이 비록 구하기 어렵다 해도 말씀만 해주시면 백방으로 찾아보겠습니다."

아들이 극구 사정하니 의원은 또다시 한동안 머뭇거리다가, 마침내 다음 같이 일러주는 것이었습니다.

"자네 부친의 병은 한기가 가슴에 꽉 맺혀 생긴 거라네. 그러니 방을 덥게 하여 병풍을 치고, 십육칠 세되는 숫처녀를 들여보내 가슴팍을 서로 맞대고 누워서 땀을 푹 내면 나을 걸세. 그밖에 다른 방도는 없다네. 다만, 숫처녀라 하더라도 천한 것들은 믿을 수가 없으니 오로지 양가집 처녀라야 하겠는데, 어찌 그런 사람을 구할 수가 있겠는가? 그것이 매우 어려운 일일세."

이 때 밖에서 두 사람의 이야기를 그의 모친이 듣고 있다가 급히 아들을 불러서 의원이 말하는 약은 구하기 어렵지 않다며, 이렇게 설명하는 것이었습니다.

"내가 데리고 있는 여종은 어릴 때부터 내 이불 속에서 자랐고 지금까지 문밖을 나가 보지 않았으니 양가 규수와 다름없고 나이 또한 금년 16세라, 만일 숫처녀를 구한다면 이 아이를 약으로 쓰기에 적당할 것 같구나."

이에 아들은 크게 기뻐하며 방으로 들어가서 의원에게 말하고 부친에게도 알리니 선비는 짐짓 놀라는 척하면서도,

"박 의원의 말이 그러하다면 한 번 시험해 볼만하겠구나"

하면서 슬그머니 승낙하는 것이었습니다.

그날 밤 아들은 병풍을 치고 방을 따뜻하게 한 다음, 여종의 옷을 벗겨 부친의 이불 속으로 들여보내고는 문을 닫고 나왔습니다. 그런데 모친이 과연 병이 나을지 걱정되어 방밖에서 살피고 있었습니다.

이 때 선비가 여종과 한바탕 정사를 치르며 몰아쉬는 숨소리와 즐기는 소리가 들려오는 것이 아닌가. 그러자 부인은 혀를 차면서 안방으로 들어가며 퉁명스럽게 말했습니다.

"흥, 저것이 가슴을 맞대고 땀을 흘리는 약이란 말인가? 저런

치료라면 나하고 해도 충분히 되겠구먼."

그러자 뒤따르던 아들이 모친을 향해 눈을 흘기면서 말했습니다.

"어머니는 어찌하여 그런 말씀을 하십니까? 어머니가 어디 숫처녀입니까?"

세 며느리의 축수

옛날 한 노인이 회갑을 맞이하자 자식들이 잔을 올리면서 헌수를 하였습니다.

먼저 맏며느리가 잔을 올리니 노인이 말했습니다.

"내 이렇게 오래 살고 복이 많으니, 너희들은 지금 내게 잔을 올리면서 좋은 덕담 한 마디씩 하는 것이 옳으니라."

그러자 첫째 며느리가 잔을 들고 꿇어앉아 공손히 아뢰었습니다.

"아버님은 지금부터 천황씨가 되시옵소서."

노인은 무슨 뜻이냐고 물으니, 첫째 며느리의 설명은 이러했습니다.

"아버님! 옛날 책에 의하면 천황씨는 1만8천 세를 살았다 하오니 아버님께서도 그와 같이 오래 사시라는 뜻이옵니다."

그 말에 노인은 매우 기뻤습니다. 이어서 둘째 며느리가 역시 꿇어앉아 공손히 잔을 올리며 아뢰었습니다.

"아버님은 지황씨가 되시옵소서."

시아버지가 또한 그 뜻을 물었고, 둘째 며느리도 지황씨 역시 1만8천 세를 살았다고 하니 아버님도 그렇게 오래 사시라는 뜻이라고 설명을 드렸습니다.

이에 노인은 온 얼굴에 미소를 띠며 기뻐하는데, 마지막 셋째 며느리가 꿇어앉아 잔을 올리면서 이렇게 아뢰었습니다.

"아버님, 원하옵건대 남자의 양근이 되소서."

노인이 놀라는 표정을 지으면서 그 까닭을 물으니, 셋째 며느리의 설명은 이러했습니다.

"아버님, 남자의 양근은 죽었다가도 다시 살아나지 않사옵니까? 그러하오니 아버님께서도 이 양근처럼 늘 다시 살아나신다면, 장생불사하여 영원히 오래 사실 수 있으므로 말씀드린 것이옵니다."

"죽었다가도 살아난다니 네 말 또한 매우 좋구나."

개도 풀무질하네!

밤낮을 가리지 않고 아내와 관계를 하는 사내가 어느 하루 대낮에 아내와 한창 관계를 하고 있는데, 밖에서 놀던 대여섯 살짜리 아이가 갑자기 문을 확 열고 들어왔습니다.

이에 놀란 사내가 당황해 하며 어떻게 할 수가 없어 그대로 엎드려 손을 저으면서 이렇게 타일렀습니다.

"얘야, 어서 문 닫고 좀 더 놀다 오너라."

이 때 아이가 그 모습이 못 보던 광경이라 물었습니다.

"아부지, 엄마는 지금 뭘 하는 거예요? 그게 뭔지 자세히 가르쳐 주지 않으면 나가 놀지 않을래요."

그러자 아버지가 대충 '풀무질'하는 거라고 설명해 주자, 아이는 문을 닫고 나갔습니다.

그 때 마침 손님이 찾아왔습니다.

"아버님, 지금 집에 계시냐?"

이에 아이가 지금 방에 있다고 대답하자, 손님은 다시 안에서 뭘 하느냐고 물었고, 아이는 조금 전 들은 대로 대답했습니다.

"아버지는 지금 방안에서 풀무질하고 있어요."

손님은 그것이 뭔지 깨닫지 못하고 다시 아이에게 물었는데, 때마침 뜰에서 수캐가 암캐의 엉덩이를 올라타고 있는 것이 보였습니다. 그러자 아이는 급히 그 장면을 가리키며 소리쳤습니다.

"손님, 저 개도 아부지 엄마처럼 풀무질을 하고 있네요."

야그 4

부엌데기 구월이

부엌데기 구월이

어느 고을에 정력이 남달리 좋은 대감이 살았는데, 요즘 들어 이상하게 대감이 안방 행차를 하지 않는 것이었습니다. 밤이면 밤마다 한 번씩은 안방을 찾고 친구들과 술이라도 걸친 날은 이틀만에도 찾아와 옷고름을 풀어주던 대감이 마님을 찾아온 지가 까마득한 일이 되었습니다.

좀이 쑤신 마님이 늦은 밤 부엌에서 뒷물을 하고 분을 바르고 간단한 술상을 차려 안마당을 건너 대감 사랑방으로 갔습니다. 부스스 일어난 대감은 고뿔 기운이 있다며 술잔도 받지 않고 땡감 씹은 표정으로 술상의 젓가락조차 잡지 않았습니다.

"푹 주무십시오."

마님은 대감에게 한마디 던지고 무안하게 술상을 들고 안방으로 돌아와 혼자서 한숨을 안주 삼아 술주전자를 다 비워버렸습니다. 대감이 정말 고뿔 기운으로 나를 찾지 않는 건가? 어디 첩이라도 얻은 건가? 별별 생각을 다 하다가 동창이 밝았습니다.

그런데 며칠 뒤 우연한 기회에 수수께끼가 풀렸습니다.

마님이 속이 안 좋아 뒷간에 가려고 일어났더니 밤은 깊어 삼경인데 교교한 달빛 아래 번개처럼 안마당을 스쳐가는 인기척을 보고 살며시 뒤따라가 보니 대감방으로 들어가는 것이었습니다. 좀 있으려니까 구월이년의 신음 소리가 새나오고 있었습니다.

안 그래도 요즘 부엌데기 구월이년 엉덩이에 육덕이 오르고 눈웃음에 색기가 올라 하인들이 군침을 흘리는 걸 안방마님은 못마땅한 눈으로 지켜봤던 것입니다.

화가 머리끝까지 올랐지만 주인 마님 체면에 구월이를 족칠 수도 없고 그렇다고 대감을 족칠 수도 없어 부글부글 속만 끓이고 있었습니다. 그 후부터 밤이 되면 마님은 잠도 안 자고 구월이를 지켰습니다. 그런 날은 구월이년도 꼼짝하지 않았습니다.

어느 날 대감이 싸리재 넘어 잔칫집에 갔다가 밤중에 돌아오더니 마당에 마중 나온 마님에게 말했습니다.

"부인, 구월이를 내 방으로 보내시오, 다리 좀 주무르게."

속이 뒤집어졌지만 보내지 않을 수 없었습니다. 구월이년이 이제는 마님을 대하는 태도도 달라졌습니다. 고개를 꼿꼿이 쳐들고 성큼성큼 대감 방으로 들어가 문을 '쾅' 하고 닫는 것이었습니다. 얼마나 지났을까 마님이 발뒤꿈치를 들고 대감 방문 앞에서 귀를 세우는데 '쾅'하고 문이 열리며 구월이년 한다는 말이.

"들어와서 보세요."

이에 얼굴이 벌겋게 달아올라 안방으로 돌아온 마님은 냉수를 벌컥벌컥 들이켰습니다.

"너, 국에다 소금 가마니를 삶았냐! 간이 이게 뭐냐. 쯧쯧… 없는 집에서 자라 모든 반찬이 소태야, 소태."

마님은 구월이에게 사사건건 시비를 걸었습니다.

"너는 도대체 제대로 하는 게 없어."

한쪽 귀로 흘려 듣던 구월이년도 참다못해 반격을 가해 왔습니다.

"제가 마님보다 못하는 게 뭐가 있지요? 대감어른이 그러시는데 바느질도 제가 낫고 음식 솜씨도 제가 낫다고 합디다."

"이년이 못하는 말이 없구나. 당장 이 집에서 나가거라."

"나가라면 못 나갈 줄 알고요."

구월이년이 보따리를 싸들고 나서면서 고개를 핵 돌리며 말하기를,

"대감마님 말씀이 이부자리 속 요분질도 제가 훨씬 낫다고 합디다."

그리고는 한참 뜸을 들이다 구월이년이 음흉한 미소를 지으며 말했습니다.

"마당쇠도 제가 훨씬 낫다고 합디다, 뭐."

이 말을 들은 마님은 사색이 되어 버선발로 달려나가 구월이년을 잡고 안방으로 밀며 비단결 같은 목소리로 말했습니다.

"구월아, 그런다고 정말 나가면 어쩌느냐. 며칠 푹 쉬어라. 부엌 살림은 내가 할게."

떡 사 먹은 건 못 속여

어느 고을에 떡을 좋아하는 노인이 살고 있었는데, 떡집 앞을 지날 때면 늘 안으로 들어가서 떡을 사먹고 나오는 것이었습니다 (당시에는 양반이 직접 상행위를 하는 것을 천하다 여겼음).

하루는 남색 창의(관리들의 평상복)을 입고 붉은 띠를 가슴에 두른 채, 역시 떡집에 들어가서 떡을 사먹고는 다른 사람들이 볼까봐 몰래 나왔습니다.

이 때 마침 그 앞을 지나가던 사돈과 딱 마주쳐 몹시 부끄러워하고 있는데, 사돈이 조심스럽게 묻는 것이었습니다.

"사돈이 어찌 떡집에서 나오십니까?"

이에 노인은 부끄러워하며 사실대로 대답했습니다.

"예, 사돈. 아침 일찍 집을 나와 배가 고프던 차에 마침 떡집이 있어 들어가 먹고 나오는 길이랍니다."

그리고 집으로 돌아온 노인은 부인에게 이 사실을 얘기하자, 부인이 다음과 같이 알려주는 것이었습니다.

"영감처럼 연세도 있고 지위도 높은 양반이 떡집을 드나들다 사돈을 만나서 사실대로 얘기했으니 매우 부끄러운 일입니다. 차라리 술을 마시고 나온다고 하시지 그랬습니까? 주막을 드나드는 일이 보기 좋은 일은 아니나, 그래도 떡보다는 술을 마셨다는 게 나은 편이지요."

부인의 말에 노인은 앞으로 그렇게 말하겠다면서, 오늘 아침에는 갑자기 사돈을 만나는 바람에 당황하여 그만 사실대로 말한 것이라며 웃었습니다.

며칠 후, 노인은 다시 떡집에서 떡을 사먹고 나오다가 또 사돈과 부딪쳤습니다. 이 때도 역시 사돈이 어떻게 떡집에서 나오느냐고 물어, 노인은 이번에는 정신을 바짝 차리고 의젓하게 대답했습니다.

"예, 사돈! 술을 마시고 나오는 길입니다."

그러자 사돈이 다시 물었습니다.

"술을 많이 하셨습니까. 몇 잔이나 드셨습니까?"

그러자 노인은 생각지도 못한 물음에 다른 생각할 겨를도 없이 불쑥 대답했습니다. 그런데 몇 잔을 마셨느냐는 물음에 노인은 당황하여 그만 이렇게 말하고 말았습니다.

"오늘은 한 개밖에 사먹지 않았답니다."

오해의 편지

한 선비 아내가 맹인 무당을 청하여 집안의 평온을 비는 안택 굿을 하려고 준비하였습니다(옛날에는 집안의 평안을 비는 뜻에서 굿을 했는데, 이 일은 거의 장님들이 담당했음).

그리하여 봉사가 안택경安宅經을 낭송하려고 하는데 병풍이 미처 준비되지 않아, 아내는 남편에게 친구 집에서 병풍을 빌려 올 것을 부탁하였습니다.

남편은 굿을 하는 것이 못마땅했지만, 어쩔 수 없이 다음과 같은 글을 써서 친구 집으로 사람을 보냈습니다.

'우리 집사람이 봉사에게 푹 빠져서 오늘 밤 그를 불러들여 이상 야릇한 일을 하려고 하니, 잠시 병풍을 빌려주어 일이 성사되게 해주었으면 좋겠네그려.'

이 글을 읽은 친구가 병풍을 빌려주면서[편지의 내용이 봉사와 선비 아내가 병풍을 치고 정사를 벌이는 것으로 추측되어] 일부러 놀려주려고 다음과 같이 답장을 써 보냈습니다.

"병풍은 빌려주겠는데, 자네가 말한 그 '이상 야릇한 일'이란게 어떤 것인지 모르겠으니 좀 알려주게나."

이에 선비는 정말로 친구가 무슨 뜻인지 몰라서 묻는 줄 알고 다시 이렇게 써 보냈습니다.

'이 사람아! 그것은 음양陰陽(음양오행의 점치는 일 등을 뜻하나, 다른 한편으로는 남녀 관계를 나타내기도 함)에 관계된 그런 이상 야릇한 일이라네.'

이 | 고을에 명관이 났네

어느 고을에 사또가 부임하자, 첫 번째 일이라고 이방이 일러 주는 것을 보니 효부 효자에 대한 표창이었습니다.

전임 사또가 다 뽑아놓은 일이니 호명하는 대로 앞으로 나오거든 몇 마디씩 칭찬의 말을 하고 준비한 상을 주면 되는 것이라고 이방이 설명해 주었습니다.

"이번에 효자상을 받을 수동골 이윤복은 아침저녁으로 절구통에 나락을 손수 찧어 키질까지 하여 언제나 차진 밥을 그의 아버지 밥상에 올린답니다."

사또가 고개를 끄덕이며 "효자로다"라고 말했습니다.

사또가 동헌 대청 호피 교의에 높이 앉아 내려다보니 효부 효자상 표창식을 보려고 몰려든 고을 백성들이 인산인해였습니다.

"효자상, 수동골 이윤복."

이방이 목을 뽑아 길게 소리치자 수더분한 젊은이가 올라왔습니다.

사또가 칭찬을 하고 상으로 나락 한 섬을 내렸습니다. 그리고는 음식을 차려놓고 효자인 이윤복에게 사또가 한 잔 마시고 잔을 건네며 말했습니다.

"아버지 연세는 어떻게 되는고?"

"예순 다섯이옵니다."

"어머닌?"

"오래 전에 돌아가셨습니다."

"그 당시 아버지 연세는?"

"마흔 둘이었습니다."

"그 때부터 아버지는 이 날까지 홀아비로 계셨느냐?"

"그러하옵니다."

"여봐라."

갑자기 사또가 일어서더니 벼락같은 고함을 질렀습니다.

"내린 상을 거둬들이고 나이 사십에 홀로 된 아버지를 이 날 이 때껏 홀아비로 늙힌 이 불효막심한 놈을 형틀에 묶어 볼기를 매우 쳐라."

상을 타면 한 턱 내라 하려고 벌써 주막에서 한 잔 걸친 친구들이 동헌에 다다르니 섣달 그믐께 떡치는 소리가 들려오기에 구경꾼들 사이를 비집고 보니 상이 뭔가, 친구가 볼기짝을 맞고 있는 게 아닌가.

이윤복이 풀려나기를 기다려 친구들이 번갈아 업고 동네로 돌아왔습니다. 무슨 상을 받아올까 기다리며 사랑방에서 새끼를 꼬던 이윤복의 아버지가 마당에서 웅성거리는 소리에 방문을 열어 봤더니 아들이 초죽음이 되어 친구들에게 업혀서 돌아온 게 아닌가. 이에 놀라 버선발로 뛰어나갔던 윤복의 아버지는 아들 친구로부터 자초지종을 듣고 사랑방으로 돌아가 눈물이 글썽글썽한 눈으로 털썩 주저앉으며 혼잣말을 내뱉었습니다.

"이 고을에 명관이 났네."

자리를 비운 사이

어느 선비가 산길을 가다가 밤이 너무 늦어 걱정하던 차에 멀리서 작은 불빛이 새어나오는 집을 발견하였습니다.

"이리 오너라. 이리 오너라."

한참 후에 할머니 한 분이 나왔습니다.

"선비님, 저희 집은 딸년과 단 둘이 사는 처지라 청을 못 들어드리겠습니다요. 방도 한 칸이구요."

선비는 할머니 말에도 아랑곳 않고 통사정을 하자, 할머니는 할 수 없이 자고 가라고 허락했습니다.

이렇게 해서 할머니, 딸, 선비가 한 방에서 자게 되었습니다. 그런데 갑자기 뒷간이 급해진 할머니는 밖으로 나가면서 딸에게 간곡하게 일렀습니다.

"애야, 선비가 만약 너의 입술을 훔치면 '앵두앵두' 하고, 가슴을 더듬으면 '사과사과'하고, 그보다 더 밑을 만지면 '수박수박' 그러려무나."

할머니가 한참 후 볼일을 다 보고 방 앞까지 왔는데, 그 때 방에서 딸의 목소리가 들렸습니다.

"아, 가지! 가지! 가지…"

벙어리 행세도 잘 해야지

옛날에 한 포졸이 있었습니다. 그의 임무는 당연히 도둑이나 법을 위반한 사람을 잡는 것이지만, 그는 특별히 밤거리 순검을 철저히 하여 야금夜禁에 걸린 사람을 잡아서 직접 곤장을 때리며 엄하게 다스렸습니다.

하루는 야간 통행이 금지된 시간에 나다닌 사람을 붙잡아 문초를 하면서 왜 법을 어겼느냐고 호통을 치니 이 사람은 어물거리면서 말을 못하는 것이었습니다. 그러자 옆에서 보고 있던 상관이 말하기를,

"보아하니 그 사람은 벙어리 같은데 어찌 문책을 하겠느냐? 이번 한 번은 불문에 붙이고 속히 풀어 줘라!"

이에 그 사람을 풀어 주고, 야금에 걸린 또 한 사람을 심문하면서 무슨 이유로 밤에 나다니다가 잡혀 왔느냐고 묻자, 이 사람 역시 벙어리 행세를 하면서 어물거리는 것이었습니다.

그러자 옆에서 보던 상관이 수상히 여겨 그대로 세워 두고, 다른 이야기를 한참하다가 갑자기 그 사람을 향해 큰소리로 물었습니다.

"너는 정말 말 못하는 벙어리냐?"

이 말에 깜짝 놀란 그는 엉겁결에 크게 소리쳤습니다.

"네, 그렇습니다."

그리하여 결국 거짓이 탄로나 곤장을 더 많이 맞게 되었습니다.

음탕한 갖바치의 아내

가죽신을 만드는 일을 업으로 하는 가난한 갖바치가 있었습니다. 그런데 그의 아내가 기막힌 미인이라 이웃에 사는 한 사내가 늘 욕심을 내고 있었습니다.

한 번 꼭 품고 싶었으나 여자의 마음을 알 길이 없어 함부로 건드릴 수도 없었습니다. 결국 이 사내는 여자의 음심을 부추기는 작전을 세웠습니다. 그리하여 갖바치의 집으로 가서 건넌방에 있는 그녀가 다 들을 수 있도록 큰 소리로 갖바치에게 말했습니다.

"부탁이 하나 있소."

"무슨 부탁이오?"

"내 물건이 너무 커서 걸음 걸을 때마다 방해가 되고, 또 불편할 때도 많소이다."

"그래요?"

"사슴 가죽으로 갑을 만들어 물건을 넣고 끈을 허리에 걸면 좋겠는데, 당신이 그걸 만들 수 있겠소?"

갖바치의 아내는 그 소리를 다 듣고 있었습니다.

"그럼 우선 그 물건부터 봅시다. 그래야 만들지요."

사내는 즉시 돌아앉아 바지를 벗고 물건을 보여주었습니다.

"과연 당신의 말 그대로 훌륭한 물건이오."

"이거야, 아직 아무것도 아니오."

"뭐요?"

"이게 한 번 성이 나면 지금보다 적어도 세 배는 더 커진단 말

165

이오."

그 말을 들은 갓바치의 아내는 벌써부터 마음이 동했습니다. 그렇지 않아도 남편의 그것이 작다고 생각하던 차에, 그녀는 말만 들어도 아랫도리가 축축해졌습니다.

갓바치는 그 사내에게 다시 말했습니다.

"내 그 물건을 만들어 궤짝에 넣어둘테니 내가 없더라도 와서 찾아가시오."

그리고 여러 날이 지난 다음, 사내는 일부러 갓바치가 없는 틈을 타서 물건을 찾으러 갔습니다.

"바깥양반은 지금 밖에 나가고 없어요."

하고 그 아내가 말했습니다.

"내가 부탁한 물건이 있는데 주인장이 없더라도 찾아가라 해서 이렇게 왔소. 어디 있는 지 아시오?"

"그 물건이라면 궤짝 속에 있으니 들어와서 가져 가시지요."

"그럼…"

사내가 방으로 들어가자 과연 갓바치의 아내가 먼저 추파를 던지는 게 아닌가. 그리하여 사내는 아름다운 갓바치의 아내 위에서 그토록 원하던 일을 시작하게 되었습니다. 그런데 어찌된 일인지 물건이 남편 갓바치보다도 훨씬 작았습니다.

비로소 자신이 속았다고 생각한 갓바치의 아내는 몹시 분했으나 어쩔 수 없이 끝까지 일을 치를 수밖에 없었습니다.

그 후 이웃에 사는 그 사내가 또 갓바치의 집을 찾아왔습니다.

갓바치가 물었습니다.

"그 물건을 가져갔는데 맞기는 합니까?"

"약간 작은 듯하지만, 그런대로 쓸만하오."

이렇게 대답하는 사내의 말을 갖바치의 아내가 건넌방에서 들었습니다.

그녀는 입술을 깨물더니 혼잣말로 중얼거렸습니다.

"네까짓 물건이라면 그 안에 삼백 개는 들어가겠다."

자면서 남의 다리 긁기

옛날 조금 덜 떨어진 사람이 먼 길을 가다가 날이 저물어 주막에 들어가 다른 사람들과 한 방에서 잠을 자게 되었습니다. 그런데 영 잠이 오지 않아 뒤척이다가 간신히 잠이 들려는 찰나, 갑자기 한쪽 다리가 몹시 가려웠습니다.

잠결에 손톱으로 박박 긁었습니다. 그런데 어쩐 일인지 조금도 시원하지가 않았습니다. 더욱 세게 긁어도 여전히 마찬가지여서 이상하다고 생각하는 바로 그때, 옆에서 자던 사람이 벌떡 일어나 소리쳤습니다.

"대체 어떤 놈이야? 남의 다리를 자꾸 긁는게?"

사실 그 사람이 긁은 건 자기 다리가 아닌 옆에 잠자고 있던 다른 사람의 다리였습니다. 그러자 그 사람은 머리를 긁적이며 말했습니다.

"내 다리가 가려워 아무리 긁어도 시원치가 않아 당신 다리는 어떤가 하여 긁어보았는데, 아무래도 내 다리와는 다른 모양이외다?"

엽전 주머니

어느 고을에 한양에서 별감이 내려왔습니다. 별감이라야 대수로운 벼슬도 아니지만, 그래도 동네가 생긴 이래 가장 출세한 사람이었습니다.

어린 시절 함께 뒹굴고 서당에서 공부하던 고향 친구들이 주막에 모였습니다. 별감은 목이 뻣뻣해졌고 고향 친구들이란 작자들은 서로 잘 보이려고 아부하기에 여념이 없었습니다.

"별감나리, 신수가 환하시네."

그러자 눈을 내리깐 별감이 고개를 끄덕이며 거드름을 피우며 목을 길게 뽑았습니다.

"자네 이름이 맹천, 아니 영철이던가."

고향 떠난 지 3년도 안 됐는데, 친구 이름을 까먹었을까?

"용철이네."

"아, 그래 용철이. 자네 훈장님한테 매도 많이 맞았지."

옆에 앉아 있던 기생 매월이가 까르르 웃었습니다.

꽃피고 새 우는 화창한 봄날, 집안이 넉넉한 친구 셋이 별감 친구를 모시고 화전놀이를 가는데, 한 친구는 10년 동안 땅 속에 묻어 두었던 인삼주를 꺼내왔고, 또 한 친구는 씨암탉을 잡고 화전을 부칠 준비를 해 오고, 나머지 친구는 기생 매월이를 돈을 주고 데려왔습니다.

앞장 선 매월이가 어깨춤을 추며 산길을 오르는데, 주위에 피어 있는 진달래꽃은 불타고, 개울엔 콸콸 옥수가 흐르고, 산새는 울고, 하늘은 맑고 봄바람이 불어오니 이 어찌 아니 좋을 소냐. 목적지 마당바위 앞에서 일행은 딱 걸음을 멈췄습니다. 이때,

"껄껄껄, 여기는 어인 일인가?"

해진 갓을 삐딱하니 쓰고 장죽을 꼬나문 주정뱅이 해천이 어떻게 냄새를 맡았는지 먼저 와서 마당바위에 정좌하고 앉아 시치미를 떼고 오히려 별감 일행을 내려다보며 물었습니다.

어린 시절 함께 서당에서 공부한 불청객 해천은 별감을 향해 거리낌없이

"봉팔이, 너 왔다는 소리는 들었다."

하고 말하니 좋았던 분위기는 깨졌지만 술판은 벌어졌습니다.

친구 하나가 기생 매월이에게 귓속말로 속삭였습니다.

"10년 묵은 인삼주를 해천이 잔에는 조금씩 따라라."

매월이는 다른 사람들 술잔은 넘치게 따랐지만 불청객 해천의 술잔은 반도 차지 않게 술을 부었습니다.

얼마 후 소피를 보러 숲 속으로 가는 매월이를 해천이가 뛰따라갔습니다.

"매월아, 이거 받아라."

하고 엽전 주머니를 내미는 것이 아닌가. 매월은 눈이 둥그레지며 엽전 주머니를 받았습니다.

"매월아, 부탁이 하나 있다. 내가 배탈이 나서 닷새 동안 하루에 죽 한 공기로 살았다. 술을 마시면 안 되는데, 오랜만에 친구를 만나서…. 내 잔엔 따르는 시늉만 해다오."

'어려울 것 없지. 그렇지 않아도 그 귀한 술. 해천에겐 조금씩 따르라 했는데.'

숲 속에 앉아 소피를 보며 매월은 해천에게 받은 돈주머니를 열어봤습니다. 한지로 돌돌 싸여 있는 엽전 뭉치가 묵직했습니다. 한지를 펴던 매월이의 오줌발이 뚝 끊겼습니다. 그것은 동전이 아니고 모두가 사금파리였던 것입니다.

이를 악 다물고 돌아온 어린 기생 매월이는 너 죽어보라는 듯이 해천의 술잔에 연거푸 술을 가득 따랐습니다.

마침내 호리병이 바닥난 걸 보고 해천은 별감 곁으로 가서 귓속말로 속삭였습니다.

"매월이 저년은 건드리지 말게. 내가 한 달 전에 합방을 했다가 아직도 성병으로 고생하고 있다네."

뼈가 녹아내리는 방사

행상 한 사람이 어느 인가에서 하룻밤을 보내게 되었는데, 한밤중에 아랫목의 주인이 그 처와 관계를 하는 지라, 윗목의 나그네가 그 신음소리를 엿듣고 주인에게

"지금 하시는 일이 대체 무엇이오?"

하고 물으니, 주인이 대답하기를

"지금 소리를 들어 대개 아실테지만 집사람과 더불어 잠깐 희롱하는 중이오."

그러자 나그네가 목소리를 가다듬고

"이런, 아직 주인은 모르시겠지만, 운우의 품격에는 두 가지가 있으니, 그 하나는 깊이 꽂아 오래 희롱하여 여인으로 하여금 **뼈**를 녹게 하는 것이 상품이요, 또 격동하는 소리가 요란하여 번갯불처럼 휘황할 뿐 잠깐 동안에 사정하는 것은 하품이지요, 상품과 하품을 구별하셔야 합니다."

이 말이 그 동안 남편의 밤일이 시원찮아 불만이 많았던 여자의 귀에 벽력처럼 울려 여인은 한 꾀를 내어 눈을 지그시 감고 조는 듯 꿈꾸는 듯하다가, 일부러 꿈에서 깨어난 듯 배 위의 지아비를 발길로 걷어차며,

"여보 큰일 났소. 지금 내가 꿈을 꾸었는데 우리 조밭에 산돼지가 들어 거의 쑥밭으로 만들고 있는 중이에요. 밭이 망가지면 금년 양식을 무엇으로 충당한단 말이오. 너무 꿈이 생생하니 어서 가서 한 번 확인을 해보세요."

하자 남편이 황급히 허리에 화살을 차고 총총히 산으로 뛰어나 갔습니다. 이 때 여주인이 행상에게,

"어찌 그리 여인의 마음을 잘 아시오. 그렇다면 어디 뼈 한 번만 녹여주구려."

하고 몸소 행상에게 추파를 던지니 행상이 어찌 그냥 보고만 있겠는가.

과연 여인의 바라던 대로 깊이 넣어 뼈를 녹게 하니, 그 황홀함은 은밀하고 흡족한 지라. 이윽고 여주인이 넋이 나가 마침내 가재도구까지 전부 싸가지고 행상인과 함께 얼마만큼 도망을 가다 행상인이 가만히 생각해 보니, 남의 유부녀를 꾀어 도주하는 것은 반드시 후환이 없지 않으리라는 생각 끝에 여인을 따돌리려는 심보로 말하길,

"우리 둘이 이렇게 도망하는 마당에 길에서 밥 지을 솥과 냄비가 없으니, 당신이 한 번 더 수고를 해주시오. 내 그 동안 여기서 기다리고 있겠소."

여인이 그 말을 듣자 옳게 생각하고 부리나케 집으로 달려가서 화로며 솥을 이고 도망쳐 나오다가 그만 본서방과 마주치고 말았습니다. 서방이 의심하여 연유를 물으니, 여인이 대답하기를,

"아, 글쎄! 그 못된 행상인 놈이 내가 깊이 잠든 틈에 우리 재산을 모두 가지고 도망하지 않았겠소. 그래 내가 점장이에게 점을 쳐보았더니, 점괘에 행상이 금속인이어서 쇠로 만든 물건을 갖고 찾으면 붙잡을 수 있다고 하기에 이렇게 뒤를 쫓고 있는 중이에요."

하고 대답을 하니 서방이란 작자가 크게 놀라며,

"그래, 그렇다면 나하고 함께 찾지 않고 혼자 찾아 나섰다는 말이오?"

하며 솥을 걸머지고 함께 뒤를 쫓으니, 여인은 더욱 겁이 나서 행상인이 없는 곳으로 찾아 다니다가 애태우던 나머지 마침내 대성통곡하였다고 합니다.

더하고픈 나그네

길을 잃은 어느 나그네가 농가에서 하룻밤을 묵게 되었습니다.

주인 내외는 나그네의 사정이 하도 딱해 보여서 비록 단칸방이지만 들어와 쉬게 하고 밥까지 대접했습니다.

나그네는 어찌나 시장했던지 마파람에 게눈 감추듯 한 그릇을 뚝딱 해치운 다음 미안한 표정을 지으며 밥을 더 달라고 했습니다. 농부의 아내가 밥을 더 가져다주자 나그네는 그것도 단숨에 먹어 치우더니, 그래도 양이 차지 않았는지 입맛을 쩝쩝 다시며 두리번거렸습니다.

이것을 본 농부의 아내가

"더 하실래요?"

하고 말했지만, 나그네는 체면상 더 달라는 소리는 못하고 잠자리에 들었습니다. 그런데 쓰고 있는 방이 하나뿐이어서 아랫목에는 농부의 아내가 눕고, 가운데는 농부, 그리고 나그네는 윗목에서 자게 되었습니다.

이 때 나그네의 용모와 우람한 체격에 반한 농부의 아내가 은근히 수작을 부리기 시작했습니다. 그녀는 살그머니 외양간으로 나가 소를 풀어놓은 뒤, 방으로 들어와 남편을 재촉했습니다.

"여보 외양간에 도둑이 들었는지 이상한 소리가 나요. 어서 나가 보세요."

농부가 아내의 말에 밖으로 뛰쳐나가자 재빨리 몸을 돌린 여자가 나그네에게 소곤거렸습니다.

"얼른해요, 얼른…"

나그네는 씽긋거리며 고갯짓을 하고 입을 열었습니다.

"그 양반이 돌아올 텐데 해도 될까요?"

"어서 하라니까요."

"괜찮을까요?"

"괜찮테두요. 그러니 빨리 해요."

나그네는 농부의 아내가 계속 다그치자 몸을 일으키더니 재빨리 부엌으로 달려 나갔습니다.

밥 먹으러….

사또의 건망증

옛날 한 고을 수령이 건망증이 너무 심해지자 자기 밑에서 업무를 관장하는 좌수座首(지방관청의 우두머리)의 성씨를 항상 잊어버리니, 매일 물어도 다음날이 되면 또 잊어버리기가 일쑤였습니다.

이렇게 여러 날이 지나도록 좌수의 성씨를 기억하지 못하다가, 어느 날 역시 성을 물으니 좌수는 전날처럼 엎드려,

"소인의 성은 홍가이옵니다."

하고 대답했습니다.

그러자 수령은 매일 잊어버리는 것이 민망하여 깊이 생각한 끝에, 이 날은 한 가지 계책을 마련했습니다. 곧 종이에 '조개 홍합'을 하나 그려서 벽에 붙여 놓고, 그것을 보면서 좌수의 성씨가 '홍씨'임을 기억하려고 마음먹었던 것입니다.

그로부터 며칠이 지나 그 좌수가 들어와 엎드려 인사를 하는데, 수령은 아무리 기억해 보려고 해도 성씨가 생각나지 않았습니다. 그러던 중 수령은 벽에 붙은 홍합이 생각나서 그것을 쳐다보고 기억을 더듬는데, 여전히 좌수의 성씨를 기억할 수가 없었습니다.

이에 수령은 한참 동안 생각을 하다보니 마치 그 그림이 여자의 음부처럼 보이는 것이었습니다. 그래서 무릎을 치면서 좌수를 향해,

"그대의 성씨가 보가였지?"

176

하고 물었습니다(민간에서 여자 음문을 '보지'라고 하니, '보'자를 따 그렇게 해석한 것임).

이에 좌수는 말하기를,

"소인의 성은 보가가 아니옵고 홍가이옵니다."

이 말에 수령은 멋쩍은 듯이 웃으면서 이렇게 말했습니다.

"아, 그랬구려. 내가 벽에 홍합을 그려놓고도 알지 못하고 엉뚱하게 다른 생각을 했소이다."

학질 치료에 좋다네

옛날에 한 대감이 있었는데, 말을 둘러대는 언변이 좋았습니다. 하루는 새벽 무렵 자리에서 일어나기도 전에 한 친구가 초헌을 타고 와서는 새로 마련한 가마가 어떠냐면서 자랑을 하는 것이었습니다. 이에 대감이 살펴보고는 매우 좋다고 말하니, 친구는 한 번 타 보지 않겠느냐고 권했습니다.

그래서 대감은 호기심에 잠옷 차림으로 머리에 수건을 쓴 채 초헌에 올라탔는데, 친구는 미리 초헌을 메는 하인들에게 대감이 올라타면 쏜살같이 달리라고 일러놓은 상태였습니다.

그리하여 초헌에 앉자마자 종들은 곧 큰길로 달려나가 사람들이 많은 곳으로 이리저리 메고 다녔습니다.

그러자 사람들이 쳐다보고 손가락질을 하면서,

"저 대감이 미쳤나? 어찌 저런 차림으로 초헌을 타고 대로를 유유히 왕래하는고?"

라고 말하며 웃는 것이었습니다. 이에 초헌을 타고 있던 대감은 함께 웃으면서 이렇게 둘러댔습니다.

"모두들 웃지 마시오, 이렇게 해야 학질이 금방 떨어진다고들 합디다."

꼬리잡힌 마님

투기심 많은 김 진사댁 마님이 친정에 볼일이 생겨서 며칠 동안 집을 비우게 되었습니다. 그녀는 아무래도 남편을 두고 가는게 마음에 걸려서 열 살 먹은 종녀석을 불러 단단히 타일렀습니다.

"내가 없는 동안 영감님이 어떻게 지내는지 내가 돌아온 다음에 그대로 알려주어야 한다. 알겠니?"

이렇게 종에게 단단히 다짐을 해놓고 친정으로 길을 떠났지만 투기심 때문에 볼일도 제대로 보지 못하고 득달같이 집으로 돌아왔습니다. 그리고 당장 종을 불러 그간의 사정을 물어보았습니다.

이에 종놈은 영감님과 여종 삼월이가 이상한 짓을 히는 것을 보았다고 말했습니다. 마님은 그 자리에서 낯이 새파래져 종을 이끌고 사랑으로 뛰어 들어갔습니다.

마침 글을 입고 있던 김 진사는 부인이 들어오는 것을 보고 매우 반갑다는 투로 입을 열었습니다.

"일찍 오셨구려. 잘 다녀왔소? 장인 어른도 안녕⋯."

여기까지 말을 하다가 부인의 서슬 퍼런 모습을 본 김 진사는 뭔가 잘못되었음을 직감하고 입을 다물었습니다.

"내가 모를 줄 아시오? 능청 좀 작작 떠시지. 참 뻔뻔스럽기도 하네. 뭐, 일찍 오셨구려? 내가 너무 빨리 돌아와서 재미를 못본 것이 안타까운 게지?"

"도대체 무슨 소리를 하는 게요?"

김 진사는 모른 척 시치미를 뗐습니다. 그러자 부인은 더욱 입에 거품을 물면서 종놈을 다그쳤습니다.

"얘야, 똑똑히 본대로 말해라. 영감님이 나 없는 동안 삼월이하고 어떻게 했다구? 괜찮아, 내가 책임질테니 어서 아뢰거라!"

이에 종놈은 천진스럽게 눈을 깜빡거리며 입을 열었습니다.

"그랬어요. 영감님이⋯."

"그래, 영감님이 어떻게 했다구?"

"예. 영감님이 안 계실 때, 마님이 머슴하고 하시던 짓을 삼월이랑 영감님이 똑같이 하셨어요."

장인과 사위가 함께 속다

옛날 어느 시골에 한 젊은이가 살았는데, 이웃에 장난을 좋아하는 사람이 있어 종종 사람을 난처한 지경에 빠뜨리는 일이 많았습니다.

이 젊은이가 마침 좋은 가문의 정숙하고 예쁜 처녀에게 장가를 들어 한창 행복한 신혼 재미를 누리고 있을 때, 장난을 좋아하는 사람이 젊은이를 놀려주려고 다음과 같은 말을 했습니다.

"자네가 장가든 뒤 동네에서 자네를 고자라고 소문 내는 사람이 있으니, 자네 처가 원통하지 않겠는가? 자네 장인이 '한 번 보여주게' 하고 말하면, 자네는 꼿꼿한 양근을 꺼내 힘껏 과시하여 의심을 풀어드려야 할 걸세."

이에 젊은이는 별로 어려운 일이 아니라고 대답했습니다. 그러자 이번에는 그 사람이 젊은이의 장인에게 가서 다음과 같이 속여 말했습니다.

"어르신! 어르신의 새 사위가 퉁소를 매우 잘 부는데, 그런 사실을 알고 계십니까?"

"아니, 그게 정말인가? 나는 금시초문이라네."

"그러면 어르신! 새 사위가 오면 '이 사람 한 번 보여주게나' 하고 독촉하시면, 아마도 그 사람이 감추고 있던 퉁소를 꺼내 불어드릴 것입니다. 그렇게 시험해 보십시오."

이 말에 장인은 자기 사위가 퉁소를 잘 분다고 하니 너무 기뻐, 여러 사람들에게 자랑하고 싶었습니다. 그래서 이웃 친구들을 불러 사위가 퉁소를 잘 분다고 자랑하자, 모두들 함께 듣기를 원하는 것이었습니다.

어느 날 장인은 점심 식사를 마련하고 친구들과 사위를 불러서 이렇게 말했습니다.

"이 사람아! 그것 한 번 보여주게나."

장인이 이렇게 독촉하니 사위는 이웃사람에게 들은 말이 있어,

"장인어른! 그건 별로 어려울 것이 없습니다."

하면서 바지 끈을 풀고는 크게 일어선 양근을 꺼내 흔들어 보이자, 사람들이 모두 대경실색을 하고 고개를 돌리는 것이었습니다. 장인은 너무도 뜻밖의 일에 무안하여 얼굴을 붉히면서,

"이 사람아! 자네 정말 무색하구먼, 무색해!"

라고 나무라자, 사위가 말했습니다.

"무색(무색: 글자대로 '색이 없다'로 해석)하다니요? 왜 이게 색이 없습니까? 보십시오, 붉은 색에 검정 띠까지 둘렀으니, 이것은 아롱진 용주의 색깔입니다. 어찌 색이 없다고 하십니까?"

여_승

김 참판은 그럴듯한 허우대에 인물이 준수하고 언변 또한 좋아 자유자재로 사람들을 울리고 웃기는 재주를 가졌습니다.

열두 살에 초시에 붙고 열여섯에 급제를 한 빼어난 문필에 영특하기는 조선 천지 둘째가라면 서러울 정도였습니다. 성품도 너그러워 그를 미워하는 사람이 없는데다가 선대로부터 재산도 넉넉하게 물려받아 나랏일을 하면서 일전 한 닢 부정하는 일이 없으니, 모든 사람들이 그를 우러러보았습니다. 부모에게 효도하고 형제간에 우애있고 처자식에게 자상하였습니다.

그런데 그런 그에게도 한 가지 흠이 있었으니, 여자를 너무 좋아한다는 것이었습니다. 노소미추老少美醜, 신분고하身分高下를 막론하고 치마만 둘렀다 하면 사족을 못 쓰는 난봉꾼이었습니다.

수많은 여자들을 섭렵했지만 말썽을 일으켜 봉변 당한 적은 한 번도 없었습니다. 남녀관계란 이불 속에서는 한 몸이지만 헤어지면 원수가 되는 법, 그러나 김 참판을 거쳐 간 무수한 여자들은 어느 누구 하나 그를 욕하는 법이 없었습니다.

김 참판이 수월관 기생 도희에게 싫증이 날 즈음, 다락골 오과부와 눈이 맞아 날만 어두워지면 그 집으로 갔다가 닭이 울 무렵 남의 눈을 피해 집으로 돌아왔습니다.

그날도 밤새도록 육덕이 푸짐한 오과부를 끼고 운우의 정을 만끽하다가 감나무 가지에 걸린 그믐달을 보며 새벽녘에 집으로 돌아왔는데…

어라, 이게 무슨 변고인고? 안방에서 난데없이 목탁소리가 나는 것이 아닌가. 헛기침을 하고 안방 문을 열었더니 여승이 촛불을 켜놓고 눈물을 흘리며 불경을 외고 목탁을 치고 있었습니다.

"대감, 소녀는 오늘 아침 입산하기로 했습니다. 좋은 여자 구해서 안방을 차지하도록 하고 부디 만수무강하십시오."

부인이 삭발을 하고 여승이 된 것입니다.

"부인!"

김 참판이 침을 꿀꺽 삼키며 정적을 깼습니다.

"가만히 생각하니 부인 속을 많이도 태웠구려. 친구 부인, 하인 마누라, 술집 작부, 과부, 방물장수… 온갖 여인을 다 접해 봤지만, 아직 여승은 내 품에 품어보지 못했소."

하도 어이없어 입만 벌리고 있는 부인을 김 참판이 쓰러뜨렸습니다. 부인이 발버둥을 쳐보았지만, 이내 발가락을 오므리고 김 참판의 등을 움켜잡았습니다.

땀범벅이된 부인이 옷매무새를 고치고 "못 말리는 대감!"하고 눈을 흘기며 싸놓았던 보따리를 풀더라는 것이었습니다.

지나친 생략

옛날 호조戶曹에 한 서리가 있었는데, 그의 문장력은 정말로 한심한 수준이라 여러 가지 사건 보고서를 작성해 상관에게 올리는 것을 보면 장황하게 말만 늘어놓고 도무지 무슨 뜻인지 모르게 썼습니다.

보다못한 상관이 하루는 서리를 불러 꾸짖었습니다.

"자네가 쓰는 보고서는 도무지 무슨 말인지 알 수가 없으니, 지금부터는 요점만 들어 간략하게 작성하도록 하라."

이 말을 들은 서리는 명령대로 시행하겠다면서 물러났습니다. 그리하여 다음날 서리가 상관에게 보고서를 올렸는데,

'이판동고송吏判東高送'

이라고 달랑 다섯 자만 적혀 있었습니다.

상관이 아무리 머리를 짜내어 연구해 봐도 그 뜻을 모르겠기에, 주위 사람들에게 물었지만 아는 사람이 없었습니다. 그래서 할 수 없이 보고서를 작성한 당사자 서리를 불러 물어보자, 그의 설명은 이러했습니다.

"이는 '금일 이조판서 대감이 동대문 밖에서 고성高城 군수를 전송餞送했음' 이란 뜻으로 쓴 것이옵니다. 지난번 상관 어른께서 보고서를 간략하게 쓰라고 지시하시기에 분부 받들어 이렇게 작성했사옵니다."

내 눈을 요강 속에

　어느 부인이 무료한 나머지 바람을 쏘이러 집 앞에 나와 행길 쪽을 바라보고 있었습니다.

　그때 그 앞을 지나가던 사내가 부인을 무례하게 훑어보았으므로 여자는 발끈 화를 내며 힐책하였습니다.

　"왜 아녀자를 그런 눈으로 자꾸 훑어보는 거예요!"

　그래도 사내는 여전히 탐욕스런 눈길을 거두지 않았습니다.

　이에 화가 치밀어 오른 부인이 앙칼지게 소리쳤습니다.

　"썩 꺼지지 못해! 네 녀석의 눈을 도려내기 전에!"

　오히려 사내는 입을 헤벌리고 능글맞게 대꾸했습니다.

　"듣던 중 고마운 말씀입니다. 만일, 제 눈을 도려내시면 부디 부인의 요강 속에 넣어주십시오."

벗겨졌으면 윗길이지요

어느 날 강원 감사가 새로 부임하는데, 여러 기생들이 교방에 모여서 서로 지껄이기를,

"이번 감사 사또의 그것이 벗겨졌겠느냐? 아님 우멍거지(포경)겠느냐? 그 어느 쪽인지 알 수가 없구나."

하고 떠들 때, 그들 중에 이미 사또께 수청 들기로 점지된 기생이 웃으면서 말하기를

"벗겨졌거나 벗겨지지 아니하였음은 내가 먼저 알 수 있을게 아니냐?"

이 말을 노비가 훔쳐 듣고 대답하기를,

"탈과 갑을 아는 데는 내가 아니고 누구겠습니까?"

하고 나서니 기생들이 손뼉을 치며 말하기를

"망령이로다. 너의 행실이여!"

이 때 관노 한 놈이 나서면서 기생들에게

"내가 만일 그 사실(벗겨지고 우멍거지)을 먼저 아는 경우에는 그대들은 어찌할 것이오!"

하고 말하니 기생들이 이구동성으로 목소리를 높혔습니다.

"그렇게만 한다면 우리들이 사또를 맞는 잔치에서 그대에게 후한 상금을 드리리다."

이 말에 관노가 기뻐하며 말을 달려 두 갈림길이 있는 곳에 당도하여, 새로 부임하는 감사를 기다리고 있었습니다. 이윽고 감사 일행이 당도하자, 앞으로 나아가 공손히 예를 올려 말하기를,

"이 고장 풍속이 있어 예로부터 전해 옵니다. 여기 길이 두 갈래로 갈려있사온 바 사또께서 이에 당도하시어 양물이 벗겨지셨으면 윗길로 가셔야 하옵고, 그것이 우멍거지시면 아랫길로 가셔야 하실 줄 압니다. 만일 이를 어기면 성황신이 대노하여 성황당 안팎의 사령 관노들은 말을 듣지 않고 불충할지며, 뿐만 아니라 온갖 이속들이 영민치 못하여 멍텅구리가 되어버립니다. 소인이 미리 아뢰옵기는 사또를 위한 일편충심이오니 원컨대 사또께옵서 판단하시옵소서."

이 말을 듣고 감사는 어이가 없어 말고삐를 붙잡고 한참 동안 머뭇거리고 있더니 눈을 지그시 감고 일부러 크게 노하여 소리치는데,

"그게 대체 무슨 돼먹지 못한 풍속이란 말이냐?"

하고 한 번 꾸짖은 다음 그래도 안 되었든지,

"윗길로 가는 것이 옳으니라."

하였다. 그리고 스스로 말 위에서 중얼거리기를

"무릇 사람의 양물은 비록 형제라도 볼 수 없는 것이며, 붕우 사이라도 이를 서로 숨기는 바이나, 이제 저 조그만 관노 놈까지 아는 바 되었고, 온 고을이 다 알게 되었으니, 내 이제 이를 속일 길이 없으나 내 또한 이와 같은 수법으로써 내가 받은 부끄러움을 씻으리라."

하고 벼르더니 부임 이튿날 아침에 영을 내려 가로되,

"너희들은 듣거라! 오늘 나를 보러 들어오는 자 마땅히 그것이 벗겨진 자는 섬돌 위에 오를지며, 우멍거지인 자는 뜰 아래에 있어야 한다."

이에 그 품계를 따라 혹은 섬돌 위를 밟고 한 발은 뜰 아래에 놓는 자가 있었습니다. 이를 본 감사가 물었습니다.

"넌 웬일이냐?"

"소인의 물건은 불탈불갑이온데 세상에서 이르기를 자라자지라 하옵기에, 그 어느 곳을 좇아야 할지 알지 못하여 이와 같은 형상을 지었습니다."

하고 그 사연을 말하니 감사가 인심 쓰듯 말하기를,

"이제 그만두고 모두 물러가렸다."

빨래와 날씨

두 새댁이 얘기를 나누고 있었습니다.

"어휴, 난 왜 빨래만 하면 비가 오지?"

"그래요? 난 비가 오다가도 빨래만 널면 화창해지던데."

"무슨 비결이 있나 보죠?"

"사실, 그 이 거시기가 왼쪽으로 있으면 화창하고, 오른쪽으로 있으면 비가 오더라구요. 기막히죠?"

"그럼 가운데에 서 있으면 어떻게 해요?"

"그럴 땐 왜 빨래를 해요?"

자리 바뀐 것

한 시골 마을에 나쁜 행동을 일삼는 고약한 소년이 살고 있었습니다.

하루는 희미한 달빛이 비치는 밤이었는데, 이 소년이 마을 어느 집의 닭을 훔치려고 옷을 모두 벗은 채 알몸으로 집을 나섰습니다.

그리하여 어느 집에 들어가 처마를 쳐다보니 닭둥지가 걸려 있기에, 그 밑에 돋움을 마련해 놓고 올라서서 둥지를 풀어내리고 있었습니다.

이 둥지는 방 창문 위에 걸려있었는데, 잠이 오지 않아 뒤척이던 주인이 언뜻 창문을 바라보다가 어스름 달빛에 비치는 사람의 그림자를 보았습니다.

'아니, 저런! 저건 필시 도적놈이다. 닭둥지를 떼어가려고 그러는 게 틀림없구나. 창문으로 나갈 수 없으니, 뭔가를 던져서라도 쫓아버려야겠다.'

이렇게 생각한 주인은 윗목에 놓인 놋쇠 쟁반을 집어들고, 급히 창문을 열고 밖에 서 있는 사람을 향해 힘껏 던졌습니다.

한데 이 소년은 창문에서 멀찍이 떨어져 있었던 탓에 놋쇠 쟁반은 소년의 코끝을 스치고 사타구니에 충격을 가한 뒤 바닥으로 떨어졌습니다.

소년은 몹시 아팠지만 찍소리도 못 내고 땅에 주저앉아 몸을 더듬어 보니 피가 흐르는데, 코끝과 음경 끝이 조금씩 잘려 나갔습니다.

이에 땅바닥에 떨어진 두 조각을 집어서 코와 음경 끝에 얼른 붙이고 집으로 돌아왔습니다. 그리고는 양쪽 부위를 헝겊으로 싸맨 채 여러 날 집안에서 요양을 하니, 차츰 통증이 가셨습니다.

마침내 싸맸던 헝겊을 풀고 자신의 음경을 살펴보니 뜻밖에도 뾰족한 코끝이 거기에 붙어있었습니다. 깜짝 놀란 소년이 다시 거울로 코끝을 비춰보자, 엉뚱하게 음경 끝이 거기에 붙어 있는 것이었습니다.

캄캄한 밤에 급히 주워 붙이다보니 이렇게 뒤바뀌어 버린 것입니다. 이제는 여러 날이 지나 거의 아물어 버렸으니 그야말로 다시 바꾸어 붙일 수도 없는 노릇이었습니다.

무엇보다도 이런 상태로 살아가자니 여간 불편한 게 아니었습니다. 어쩌다 예쁜 여인을 보게 되면 코끝이 크게 끄덕거리고 흔들렸기 때문이었습니다.

할머니의 비애

할아버지에게 잘 보이기 위해 할머니가 잠자리에서 야한 속옷을 입었습니다.

그 다음날, 할머니가 물었습니다.

"영감, 어제 저 어땠어요?"

그러자 할아버지는 아무런 일이 없었다는 듯 시큰둥한 표정이었습니다. 할머니는 그런 할아버지가 몹시 서운했으나 내색은 않고 야한 검정색 속옷을 또 입었습니다.

그 다음날, 다시 물었더니 할아버지는 똑같은 반응을 보일 뿐이었습니다.

그래서 애가 탄 할머니는 이번 잠자리에서는 잠옷을 완전히 다 벗어버렸습니다. 그리고 그 다음날 다시 물어보았습니다.

"영감, 어제 제 속옷 어땠어요?"

그러자 할아버지가 드디어 입을 열었습니다.

"아, 그 살색 속옷! 거 웬만하면 다려 입지 그래. 쭈글쭈글해서 영 보기가 싫더군. 험험."

자라 머리를 자르다

옛날 한양에 여색을 좋아하는 벼슬아치와 투기가 심한 부인이 살고 있었습니다. 벼슬아치가 기생집 드나들기에 재미를 붙이니, 질투가 심한 그의 아내가 도저히 견딜 수 없었습니다.

한편 그 벼슬아치는 늘상 아내의 질투를 걱정하던 중 하루는 자라 모가지 하나를 소매 속에 넣고 안방에 들었습니다. 아내가 뒤쫓아 들어오며 강짜를 부리자, 남자는 일부러 화를 내며 고함을 쳤습니다.

"무릇 사나이의 욕정을 불러일으키는 것이 모두 이 물건 때문이니, 이 물건이 아니라면 무슨 걱정이 있으리오."

하고 말한 다음 칼을 꺼내어 그 물건을 베어버리는 척하고는 그 베어진 것(자라 모가지)을 뜰에 던져 버렸습니다.

이에 아내가 크게 놀라 남편의 앞으로 다가오더니 허리를 부여잡고 통곡하며 말했습니다.

"내 비록 질투가 심하다 하지만 어찌 이러실 수가 있습니까?"

하고 흐느끼는데, 때마침 아내의 젖어멈이 뜰로 뛰어나가 던진 물건을 자세히 바라보더니,

"아씨, 걱정하지 마세요. 이 물건은 눈이 둘이요, 그 위에 빛깔까지 알록달록하니 제가 장담하건데 그것이 아닙니다요."

그 맛은 깊은 곳에

오십이 좀 넘은 한 스님이 있었습니다. 그 스님은 본디 어려서 불가에 입적했던 탓에 여자의 그곳이 어떻게 생겼는지 전혀 알 도리가 없었습니다.

어느 따스한 봄날, 그 스님이 산길을 내려와 마을 입구에 이르렀을 때 사내놈 서너 명이 모여서 희희낙낙거리고 있었습니다.

"이 천치놈아, 그래 네 놈은 여자의 맛을 보았느냐?"

한 놈이 그렇게 묻자

"그러는 네 놈은?"

"보고 말고……."

"그럼 그 맛을 알겠구나?"

"그럼 알다 뿐이냐."

"그래 어떻더냐?"

"이놈아, 여자란 그렇게 밥맛처럼 간단히 느껴지는게 아니다. 말하자면……."

스님은 그들의 이야기가 신기한지라 걸음을 멈칫거리며 들었습니다.

"잘 들어라. 그 맛은 갓익은 포도처럼 시고도 달고, 그런가 하면 향기로운 냄새 속에 단맛이 떠오르기도 하고……."

스님은 걸음을 옮기며 중얼거렸습니다.

"세상에는 별맛이 다 있지만, 나 역시 여인의 맛은 보지 못했거늘, 이제 그 맛이 시고도 달고 또한 향내까지 난다니 필시 극락에 있는 과일의 맛이로다."

이처럼 그 맛을 그리면서 산길로 접어들었습니다. 산길을 넘으니 질펀한 평지인데, 길 양쪽으로는 넓은 보리밭이 펼쳐져 있었습니다.

'아, 그 맛을 어찌하면 볼 수 있으리오.'

스님이 이런 한탄을 하면서 보리밭 이랑길을 걷는데 한 젊은 여인이 이쪽을 향해 오고 있었습니다.

'저건 필시 천상에 계신 부처님께서 이 중놈에게 자비를 베푸신 거다.'

스님은 이렇게 생각하며 한 걸음 두 걸음 여인과 거리를 좁혀 갔습니다.

드디어 스님과 여인이 보리밭 이랑 좁은 길에서 마주치게 되었습니다. 여인이 멈춰서서 슬쩍 눈을 치뜨고 스님이 길을 비켜 가길 기다렸습니다.

이 때 스님은 슬며시 수작을 걸었습니다.

"여보시오, 부인! 내 방금 이 길을 거닐다가 하도 날이 좋아 잠깐 졸았는데, 문수보살님이 나타나 말씀하시길 조금 후 어떤 여인이 나타나면 그 여인의 옥문에 불심을 불어 넣어주라 하시니 청컨대, 부인께서는 부디 옥문을 보여주오."

여인은 중의 속셈을 알아차렸습니다.

"문수보살께서 선몽을 하셨다 하니 소첩이 어찌 그 말씀을 거역할리 있나요. 마땅히 불심을 넣어주시어 천생의 극락을 누리게 하여주소서."

그리고는 반듯이 누운 채 스님을 쳐다보았습니다. 그러자 바랑에서 숟가락을 꺼낸 스님은 무릎을 단정히 꿇고는 염불을 외우기 시작했습니다.

"나무아미타불……."

'…….'

이런 상황에 염불을 하는 스님이 좀 우습기도 했지만, 아무튼 그곳에 숟가락이 들어오니 묘한 쾌감이 일었습니다.

스님은 여인의 그곳에 꽂은 숟가락을 몇 번인가 찔렀다 뺐다 하더니 여인의 그곳에서 나오는 애액을 숟가락으로 긁어내듯 퍼내어 입 속으로 가져다 맛을 보았습니다.

"에―취!"

스님은 순간 코를 찌푸렸습니다. 신맛도 단맛도, 향내는 커녕 구리구리하고 고약한 냄새가 코를 찔렀기 때문입니다.

'이상하고 괴이하구나. 분명히 달다고 그랬는데, 이 악취는 어떻게 된 일이뇨.'

다시 스님은 한동안 여인의 그곳을 들여다보다가 생각했습니다.

'그렇다. 단맛은 원래 보배로운 것인즉 보배로운 것은 깊은 곳에 감춰져 있기 마련이니 내 다시금 깊숙이 숟가락을 넣어 맛을 보리라.'

스님은 숟가락을 더욱 깊숙이 넣고서 한동안 진퇴를 시킨 후 여인의 애액을 숟가락에 가득히 퍼냈습니다.

'오! 많기도 하지!'

스님은 감탄하면서 숟가락을 날름 입 속으로 가져갔습니다.

"에―취!"

스님은 또 코를 틀어 막았습니다. 그 씁쓸하고 구린 맛이 세상에 또 있을까 싶었습니다. 이에 스님은 크게 실망한 듯 자리에서 일어섰습니다. 바로 그 때 여인이 황급히 말했습니다.

"스님! 아직 운우가 익지 않았습니다. 능히 익히고 가소서."

여인의 말은 일을 마저 끝내고 가라는 말이었습니다.

'운우가 익지 않았다고? 아, 그러니까 덜 익어서 쓰구나. 내 그런 줄을 어찌 알리오.'

하고 다시금 숟가락을 그곳에 깊숙히 집어 넣었습니다.

"으응……."

여인은 깊은 신음 소리를 냈습니다.

'……?'

여인의 신음 소리에 스님은 깜짝 놀랐습니다.

'아, 숟가락을 깊숙이 넣었더니 아파서 그러는 모양이로다. 나무아미타불. 관세음보살.'

스님은 다시 불경을 외우며 숟가락을 살며시 꽂았습니다.

"스님 빨리 빨리 꽂으셔요."

흥분을 이기지 못한 여인이 힘껏 음문을 움츠리며 힘을 주자, 숟가락이 댕강 부러지는게 아닌가.

이에 깜짝 놀란 스님은 냅다 달아나기 시작했습니다.

'젠장! 그 미친 놈들에게 완전히 속았구먼'

한편 흥이 깨진 여인은 그만 분통이 터지고 말았습니다.

'망할 중놈이 고자였었네! 에그…….'

하면서 자신의 손가락으로 타다남은 욕정을 달랬습니다.

"쳇! 오늘은 정말 재수 없는 날이네. 젊은 사내놈이 얼마든지 있는데, 이게 무슨 꼴이람."

여인은 아쉬움을 달래며 집으로 돌아왔습니다.

그러나 여인의 음문 속에 박혀 있는 숟가락이 채 빠지지 않은 탓에 그 때부터 오줌을 누우려 하면 '쏴―' 하는 쇳소리가 나는 것이었습니다.

한편 그 후 스님은,

'저번 그 보리밭에서의 여인은 아직 옥문이 익질 않아서 그처럼 쓰고 냄새가 났으리라.'

스님은 이처럼 생각하면서 다시금 그런 기회를 만날 날을 고대하고 있었습니다. 그렇게 세월이 흐른 어느 날 스님은 홀로 장탄식을 하였습니다.

'대자대비하신 부처님이시여, 어찌 소승에게는 그토록 향기로운 맛을 볼 기회를 더는 주시지 않으시나이까.'